作家榜®经典名著

★ ★ ★ ★ ★ ★ ★ ★

读 经 典 名 著 ， 认 准 作 家 榜

本书译自

S. Fischer 出版社

1988 年版 *Schachnovelle*

Paul Zsolnay 出版社

2019 年版 *Verwirrung der Gefühle: Die Erzählungen*

Schachnovelle

象棋的故事

茨威格中短篇小说精选

〔奥〕斯蒂芬·茨威格 著

杨植钧 译

浙江文艺出版社
Zhejiang Literature & Art Publishing House

他借由一种善意的狂喜，凌云高升，
远离了我们这个污秽不堪的现实世界。
《看不见的珍藏》

在触及灵魂之前，命运就已经在我们的精神与血液中游弋。

《心之沦亡》

他丝毫不反抗，也不说一个字，先前明亮的双眸此时因为失落而黯淡。

《日内瓦湖畔插曲》

那台蛰伏在胸中的杀人机器一下被砸得粉碎，
自由从中冉冉升起，极乐而崇高，摧毁了奴役之心。
《重负》

一个人越是受限，他在另一方面就越是接近无限。

《象棋的故事》

目　录

疾病总是从细小的兆头开始，人的命运也总是生于轻微。

《心之沦亡》

导读

茨威格：洞烛人性幽微的世界主义者

受限，却无限

一百多年前，一本名为《马来狂人：关于激情的故事集》的中短篇小说集在莱比锡的岛屿出版社问世。该书的作者，奥地利作家斯蒂芬·茨威格（1881—1942）在致法国作家罗曼·罗兰的信中写道："这部小说集的写作已经停滞了六个月……原以为还得花费更多的时间来完成，可是，有一天，它突然就在那儿了……这是我的第二部小说集，我对它的即将出版愉快得无以名状……"

事实证明，这部作品对于一直以来从事传记写作和报刊编辑工作的茨威格来说，具有里程碑式的巨大意义。在不到八年的时间内，它在德国售出了十五万册，里面最著名的篇目《一个陌生女人的来信》和《马来狂人》被改编成电影和舞台剧，它们连同早期的中篇《秘密燎人》一道，成为茨威格早期小说的代表作。在纳粹因其犹太身份而焚毁他的所有作品之前，他的小说、传记、诗歌和戏剧销量已经突破了百万册，他本人也成了当时乃至今日作品全球传播最广、译文语种最多的德语作家之一。2021年是茨威格诞生一百四十周年，德奥等地除了举办各种展览纪念这位具有深厚人道主义情怀的作家以外，还推出了根据其生前最后一部小说《象棋的故事》改编的电影。电影保留了小说中叙述者所说的一句话："一个人越是受限，他在另一方面就越是接近无限。这些人貌似避世，实际上正像白蚁一样用自己特有的材料构建着一个独一无二、非同凡响的微型世界。"

受限，却无限——或许，这句话不仅适用于《象棋的故事》里那位高超的象棋奇才，也适用于茨威格其他小说的主人公。他们的思绪、情感和精神都受制于某个特定情境，他们的行动是他们内心激情的俘虏，他们的结局或是被命运和偶然的链条所牵制，或是被历史和政治的暴虐所改写，或是被自我和本能的烈焰所吞噬。在《秘密燎人》中，小埃德加初次察觉到成人和儿童的界限，不自觉地被那个"伟大的秘密"所吸引，人格发生了自己都无法理解的嬗变；在《马来狂人》中，殖民地医生出于高傲和欲望把一个女人推向死亡，为此负疚终生，只能像马来狂患者一样手持尖刀向前奔跑，没有目标和记忆，直至倒地身死；《一个女人一生中的二十四小时》里娴雅的英国贵妇，只瞥了一眼某个赌徒的手，就被其深深吸引，毅然放弃家庭和子女，准备随他而去；《重负》里的主人公、逃兵费迪南，尽管热爱和平，拒绝成为杀人机器，却因为一张纸条而丧失了自我，无意识地对战争俯首称臣；《看不见的珍藏》里的收藏家一辈子都活在不存在的收藏品中间；《日内瓦湖畔插曲》里的逃兵跳进水里游向根本不在此地的故乡；《象棋的故事》里的 B 博士疯魔一般下着脑海中的棋局；《一个陌生女人的来信》里的陌生女人为一个稍纵即逝的身影献出了自己的爱情与生命……

在茨威格所有的小说作品中，无论里头讲述的是个体的命数还是历史的浩瀚，都存在一个刺针一样的、微小又神秘的"束缚"，它可能只是一句话，一个眼神，一个执念，一道稍纵即逝的思绪，一片曾经见过的风景，一场脑海中幻想过的会面，却足以在主人公的生命中掀起风暴，把他们推向激情的渊薮。不是所有主角都能把自己内心的冲动转变成非同凡响的微型宇宙，可是他们都在凝视内心深渊的过程中，感知到了一个更为宏大的维度的存在。一种不可触摸的信号，犹如天启，在身体的内部敞开，像是烧净一切的烈焰，又似萌芽于陨灭的种子："他感到，这陌生的、未知的力量先用锐器，再用钝器把他肉体里的什么东西挖了出来，有什么东西正在一点一点地松开，一根线一根线地从他密闭的身体里解脱出来。疯狂的撕裂停止了，他几乎不再疼痛。然而，在体内的什么地方，有东西在焖烧，在腐烂，在走向毁灭。他走过的人生和爱过的人，都在这缓慢燃烧的烈焰中消逝、焚烧、焦化，最终碎成黑色的炭灰，落在一团冷漠的泥潭之中。"（《心之沦亡》）可以说，茨威格的小说是一个庞大的、关于束缚的寓言，它不仅仅关注着人的内心，也质问着那种对内心施加束缚和限制的力量。

心理小说，把握生命的瞬息万变

茨威格把 1922 年发表的小说集命名为《马来狂人：关于激情的故事集》并不是偶然的，他笔下的人物，无论是教养良好的贵妇、学识渊博的医师，还是成长于贫民家庭的小姑娘，都像患上了马来狂的人一样，无法控制自己的行为，只能一路狂奔，直至毁灭。这种热病一般既迷醉又失落的状态，贯穿了《马来狂人：关于激情的故事集》中的五篇小说。诚然，学界一直强调茨威格对弗洛伊德精神分析理论的文学应用，甚至把茨威格的心理小说视为对赫尔曼·巴尔领衔的维也纳现代派作家们的一种继承：外部世界是不可把握的，一切处于躁动、冲撞与流变之中，只有把文学的描写对象从客观世界转向主观的心灵结构，才有可能把握生命体的瞬息万变。多年来，茨威格的读者们一直津津乐道的正是作者解剖人物内心时手术刀一样锋利又精准的笔法，一个词语所引起的病症般的狂热都被放大到令人眩晕的程度。在他的笔下，人的器官和躯体好像拥有独立的生命，情欲与无意识仿佛可以开口言说，而不再是沉没在内心深处的船只那微弱的火光。

《一个女人一生中的二十四小时》的主角与其说是那位英国女士和波兰赌徒，还不如说是后者那双像野生动物一样的手："那个男人的双手……突然往空中伸去，像是要抓住什么不存在的东西，然后重重地跌落在桌面上，死了。然而不一会儿，那双手又活了过来，从桌上回到自己主人的身上，狂热地，像野猫一样沿着身体躯干摸索，上下左右，一遇到口袋就迫不及待地钻进去，看看还有没有藏着什么以前忘在那里的钱币。"而《恐惧》的主角与其说是伊蕾娜夫人，倒不如说是那种像人一样躲藏在她内心的恐惧："门外，恐惧已经等着了，她一出来就被它粗暴地抓住，心跳都停了几拍，最后几乎是无意识地下了楼。"

人的欲望就像身体症状一样，不存在可以预测的行为方式，这也是茨威格小说的最大张力所在。正如德国作家克劳斯·曼所言，茨威格的作品长销不衰的原因之一在于，他在故事中强化了最具张力的部分，而把"死去"的部分加以剔除。茨威格的小说虽然总是关于受限，可是这种限制总能蔓生出新的张力与爆破点；它们就像病痛一样，强化了疼痛的部分，以至于病者只能感受到伤口的灼热，而忘记了躯体其他部位的存在。从这个方面讲，"受限"也是茨威格打磨小说情节的策略之一。

映射时代和世界，探讨"人的条件"

然而，将其作品简化为心理分析小说，无疑是对茨威格作为一个卓越的叙事大师的贬低。在叙述风格方面，他的大多数中短篇都沿用了德语中短篇小说的一个特定框架：故事并不直接开始，而是通过主人公对一个第三者"我"的间接讲述来展开。在传统的叙事策略中，此举是为了加强小说的真实感；可是在茨威格的笔下，叙事框架往往变成了可以游戏和反讽的地方，也是其作品所隐藏的神秘之处。在《夏日小故事》里，"我"并不是作为只会聆听的第三者登场，而是介入了整个故事的塑造之中，牵引并阐释着故事的走向；在极具玄学与宿命风格的《夜色朦胧》里，由那位无名叙述者开启故事，谁又能相信少年鲍勃的记忆与爱情只是一张明信片在他脑中触发的想象呢——既然《马来狂人》的主人公开始之时尚能挣扎着用"他"来讲述自己的故事，《夜色朦胧》中坐在黄昏雾霭中的讲述者自然也可能是在黑暗中低喃自己的过往。通过对自己的小说施加这种叙事框架的限制，茨威格意在跳脱传统心理小说的桎梏，创造更为玄奥的叙事层次。

通过这些限制和束缚，茨威格就像《象棋的故事》中的 B 博士和琴托维奇一样，用特有的材料建造着独一无二的、无限的小说世界。读者，尤其是中国的读者们，往往忽视了茨威格小说中强烈的政治倾向和世界主义情怀。茨威格对小说人物内心的洞烛并非为了解析个体的命运，而是意在映射时代和世界，探讨"人的条件"。《恐惧》所讲的不仅仅是婚外情，也是 20 世纪初期欧洲中产阶级在旧日的"荣誉准则"和个人幸福之间的动摇不定；《看不见的珍藏》的核心并非收藏家的偏执与幻觉，而是德国通胀时期的社会惨状与精神危机；《里昂的婚礼》讲述的不仅是里昂围困期间的故事，还是对当代极权政治的隐喻；《马来狂人》也并非只是讲述东方情调的奇人异事，当代的研究者们把它和作者后期的《麦哲伦》一起视为探索后殖民话语的重要案例，更不用说《重负》和《象棋的故事》这样直接针砭时弊的作品。

茨威格对个体精神世界的聚焦和对壮阔时代的关注并不矛盾，两者往往互为镜像——历史社会的印记是个人情感风暴的培养皿，个体幽微的内心则是对世界状态的终极寓言。事实上，茨威格的创作总是在个人经历—传记写作—虚构文本三者之间游弋：《马来狂人》就是茨威格多次东方之行后的作品,《重负》直接来源于作者本人在瑞士养病期间的经历,《里昂的婚礼》则是在写作传记《约瑟夫·富歇：一个政治家的肖像》途中衍生的小说。在茨威格的文学创作坐标系中,自传、他传和虚构共同影响其作品的最终定型,在这三者的交互影响下,诞生了其具有无限阅读与阐释维度的作品宇宙。

以幽微人性,达成更深刻的批评

遗憾的是,在一百多年间,欧洲和中国的读者对茨威格作品的所有解读由于不同的原因和作品的原轴产生了一定的偏离。在德国和奥地利,茨威格一直是最受争议和批评的作家之一。和中国读者的传统想象不同,茨威格本人并没有因为犹太血统和反战立场而备受尊崇;相反,许多著名作家曾经公开对茨威格表示过厌恶和蔑视。

20世纪20年代,在德奥文化界曾卷起过一股"茨威格抨击潮",代表人物偏偏是当时奥地利文坛的三位顶级作家——卡尔·克劳斯、胡戈·冯·霍夫曼斯塔尔、罗伯特·穆齐尔。克劳斯批评茨威格的作品逃脱不了哈布斯堡王朝的怀旧烙印,沉浸于用煽情的故事讨好诸国读者,无视德语文学的真正时代精神:"茨威格先生精通世界上所有的语言——除了德语。"穆齐尔厌恶茨威格的外交手腕和做派："他喜欢周游列国，享受各国部长的接待，不停地巡回演讲，在外国宣扬人道主义，他是所谓的国家精神的业务代理人。"霍夫曼斯塔尔一直不承认茨威格戏剧作品的价值，在萨尔茨堡戏剧节的审核中多次亲自把茨威格的剧作剔除。

在茨威格生活的时代，他遭受了种种责难和非议。他的一生都在不停地旅行，并热衷于和各种作家、名人、外交官建立关系；他被作家同僚讽刺为"漂泊的萨尔茨堡人"，到处出席作家协会和笔会的活动，在各种庆典上发表演说，在美国和南美巡回演讲；和他热衷外交和宣传自己作品的做派相反，茨威格本人在一生中从未加入任何政治阵营，也没明确表达过反法西斯的意向，哪怕在流亡时期，他也未曾公开或者在作品中表达过任何支持犹太人和反对纳粹德国的意向。一直保持沉默和疏离的茨威格受到了其他流亡作家的非难；他的自传《昨日的世界》出版后并没有像今天这样受到推崇，而是招来了一片骂声。诺奖得主、德国作家托马斯·曼说这部作品"可悲又可笑，幼稚至极"，因为茨威格在书中规避了时代和政治，甚至煽动民众主动回避与纳粹相关的问题；德国思想家汉娜·阿伦特毫不留情地指责茨威格"无知到吓人，纯洁到可怕"，因为他居然"在这部堂而皇之的传记中还用假大空的和平主义套话来谈论一战，自欺欺人地把1924—1933年之间充满危机的过渡期视为回归日常的契机"。

诚然，茨威格对政治的疏离和写作的方式为他在欧洲招致了长达几十年的骂名。然而，从另一个角度看，茨威格是20世纪罕见的、真正具有世界主义情怀的作家。他作为拥有百万销量的作家和热爱文化事业的旅行者活跃在国际文学界，跨越了语言和种族的障碍，积极地通过各种刊物和译著为德奥居民传播先进的文学文化（比如通过他的努力，比利时作家维尔哈伦在德国获得关注），而且还参与建立了今日的国际笔会。同时，通过他的大量不受国别限制的文学与传记作品，茨威格在某种程度上促成了欧洲文化的一体化，从而间接对抗了纳粹所代表的右翼思想和极端民族主义。事实上，和茨威格曾经为其写过传记的伊拉斯谟一样，茨威格本人规避政治并非因为怯懦和自欺欺人；和《重负》中的费迪南一样，他已经清楚意识到战争机器的残酷，然而他选择了用另一种方式表达自己的抵抗，那就是通过写作，通过一种谨慎的审视，一种精神上的文化统一体的理念，一种不受限制的文学世界主义。与通过政治立场的作秀来彰显反战精神相比，茨威格更擅长通过对人性幽微的洞烛来展示世界的状态，从而达成一种更深刻的批评。与大多数同时期的作家不同，茨威格的小说作品一直聚焦人物纤毫的内心，挖掘其中的无限，从而在另一层面上通过人类的执念和受限的方式来展示历史对个体命运和自由的束缚。《象棋的故事》何尝不是一个抨击纳粹暴政的故事呢？在B博士最终的自我作战与对弈幻觉中，破坏的机制已经成型，若不是命运的眷顾，他可能不只是一个受害者，甚至会成为杀戮机器中的一个零件。

今时今日，茨威格的作品和人生在欧洲引起了越来越多的反思和关注。2016年，德国导演玛丽亚·施拉德根据茨威格生平改编的电影《黎明前》聚焦茨威格和妻子在自杀前的最后日子，试图让他们悲剧性的决定变得可以理解；名导韦斯·安德森2014年入围柏林电影节的电影《布达佩斯大饭店》，其灵感也来源于茨威格的自传《昨日的世界》，并撷取了《一个女人一生中的二十四小时》和《心灵的焦灼》等作品中的片段。可见在我们的时代，越来越多的人尝试从新的角度理解茨威格，理解他小说世界里的束缚与无限，理解他作品中的人性幽微处，理解他的文化世界主义，还有他对一个逝去的欧洲的幻梦。

不受时代与国别限制的隽永魅力

早在20世纪初，几乎和欧洲同步，中国便已引进了茨威格的作品。1925年，中国学者杨人楩在《民铎》杂志上撰文《罗曼·罗兰》，并提到了"刺外格"（茨威格）一名。三年后，茨威格的传记《罗曼·罗兰》在商务印书馆出版，由杨人楩翻译,茨威格的作品自此为中国读者所熟知。20世纪80年代,国内掀起了一场"茨威格热",他的小说、传记、剧本和散文成了国内德语文学译介的主流,并让弗洛伊德的精神分析和维也纳现代派等德奥文学文化潮流在国内日益深入人心。此外,他的小说在国内还被多次改编成舞台剧和电影。茨威格在中国掀起的阅读热潮在德语作家中可谓前所未有,甚至在欧洲,《维也纳日报》等主流媒体也对其作品在中国的影响力之大表示震惊。和茨威格同时代的其他奥地利大作家,如卡尔·克劳斯和约瑟夫·罗特等人,其作品在中国的翻译和推介要滞后半个世纪甚至一百年,这一方面是因为中国国情,另一方面也从接受史的角度证明了茨威格作品具有不受时代和国别限制的隽永的魅力。

2019年,我在德国柏林攻读博士之际,受作家榜的邀请,接受了茨威格中短篇小说集新译本的翻译工作。该小说集精选了茨威格创作生涯中最具代表性和影响力的名篇:既有来自其三部最具代表性的小说集——《初次经历:儿童国的四个故事》《马来狂人:关于激情的故事集》和《情感的迷惘》中的作品,也有一些在报纸杂志上单独发表的优秀篇目,如《看不见的珍藏》和《重负》。所翻译的原文主要来自两部奥地利出版的茨威格小说最新编注版本——维也纳佐尔奈出版社的《最初的梦》和《情感的迷惘》；此外，《里昂的婚礼》参照的是德国费舍尔出版社的《茨威格小说三篇》（1985年第1版）；《象棋的故事》则参照德国费舍尔出版社的同名单行本（1988年第1版）。非常巧合的是，我接受委托之前所住的公寓，恰恰位于勃兰登堡州马洛市内一条名为"斯蒂芬·茨威格大街"的街道上。诚然，茨威格的盛名很难和马洛这座郊区的小镇有什么直接的联系；不过，就算在人烟稀少的小镇里，也能在路牌上见到茨威格的名字，这不正好佐证了茨威格作品永恒的价值？作为一个真正的世界主义者，他从未让自己的故事囿于任何一个地方和情景，而总是通过探索人物内心的深渊，来建筑自己独具一格的小说宇宙。这种"受限"和"创造"之间看似矛盾、实则共生的关系，既是他作品的终极定义，也是他人生的写照。

二十多年前，我还在一座破败的县城小学里上学，在学校门前的书摊上买到了我的第一本茨威格小说，怀着好奇又激动的心情读了《一个陌生女人的来信》。这篇小说的一字一句都在我心里留下了难以磨灭的印象，并一直伴随我度过了最孤独的中学时代，影响了我在上大学之际的专业选择。可以说，茨威格的书改写了我人生的路径。在茨威格一百四十周年诞辰之际，我有幸完成了全书的翻译。此前，茨威格的中短篇小说集已经有了诸多经典的、脍炙人口的译本，我自然不敢夸口拙译会更胜一筹。然而在以往的版本中的确存在风格和叙事不统一的地方，比如对茨威格句式结构和遣词造句的简化——读过德语原文的读者都会被茨威格那繁复又纤细的文笔折服，都会为其句子的绵长和复杂而赞叹，那是一种只有后哈布斯堡时代的作家才会有的纷繁缱绻的风格，要是为了浅显易懂而把句式拆解甚至口语化，恐怕有违译文信达的原则。我试图在原作者的风格和读者阅读的流畅感之间达到一种平衡，并恢复茨威格作品中那种在经典译本中部分散失的原始节奏。由于翻译时限和编辑版本存在差异（比如不同版本差异较大的《日内瓦湖畔插曲》），译文中的纰漏和不当之处恳请各位读者批评指正。

杨植钧

于德国布兰肯费尔德－马洛

2021 年 12 月

象棋的故事

午夜时分，在一艘从纽约开往布宜诺斯艾利斯[1]的大型客轮上，正是一派繁忙和喧闹的景象，因为离开船只剩一小时了。

岸上的乘客们相互推搡着，送亲朋好友上船；送电报的侍童歪歪地戴着帽子，一边喊着收件人的名字一边穿过休息室；到处是拖着箱子、捧着鲜花的人，孩子们好奇地沿楼梯跑上跑下，管弦乐队还在甲板上坚定不移地演奏着。

我和一个熟人刻意站在离人群远一点儿的地方聊天，却突然看到旁边亮起几下闪光灯——好像有什么名人在出发前接受着媒体匆匆忙忙的采访和拍照。我朋友朝那

---

1 布宜诺斯艾利斯：阿根廷首都，该国最大城市。

边瞥了一眼，笑了："原来我们这艘船上有个稀客呀，那个琴托维奇。"看见我听到这个消息一脸不解，朋友便向我解释说："米尔科·琴托维奇，国际象棋大师赛冠军。他刚完成一场跨越美国东西海岸的巡回赛呢，现在要去阿根廷继续打了。"

我对这位年纪轻轻的世界冠军确有耳闻，甚至对他火速发迹的一些细节都有所了解——我的朋友是一个热衷读报的人，能对我讲述一系列有关琴托维奇的逸事。此公在一年前便已经和象棋界的一些老大师们平起平坐了，如阿廖欣[1]、卡帕布兰卡[2]、塔塔科维[3]、拉斯克[4]和波戈留波夫[5]。自从七岁神童雷谢夫斯基[6] 1922 年在纽约一战成

---

1 阿廖欣：亚历山大·阿廖欣（1892—1946），俄裔法国国际象棋大师，棋史上第四位国际象棋世界冠军。

2 卡帕布兰卡：何塞·劳尔·卡帕布兰卡-格劳佩拉（1888—1942），古巴国际象棋大师，1921—1927 年期间是国际象棋世界冠军。

3 塔塔科维：萨维利·塔塔科维（1887—1956），波兰与法国的国际象棋特级大师。

4 拉斯克：埃马努埃尔·拉斯克（1868—1941），德国著名国际象棋选手、数学家及哲学家，连续 27 年夺得国际象棋世界冠军。

5 波戈留波夫：叶菲姆·波戈留波夫（1889—1952），俄裔德国国际象棋大师，与亚历山大·阿廖欣有过几场名留棋史的精彩对局。

6 雷谢夫斯基：塞缪尔·雷谢夫斯基（1911—1992），出生时本名 Szmul Rzeszewski（茨威格小说中误拼为 Rzecewski），波兰裔美国国际象棋特级大师。被誉为神童的雷谢夫斯基 1922 年就已经在棋坛确立了声名，而且是 20 世纪 30 年代中期至 20 世纪 60 年代中期世界冠军的有力竞争者之一，曾在 1948 年国际象棋世界冠军赛中获得第三、1953 年世界冠军挑战者资格赛中获得并列第二。他还曾经八次夺得美国国际象棋全国冠军。

名之后，再也没有谁能像琴托维奇一样，从无名之辈一步跨入象棋神坛，声名大噪。因为，琴托维奇本人的智力水平根本不会让人想到他会有这么辉煌的前程。很快，他身世的秘密就传开了，据说这位象棋大师在私底下连一句没有拼写错误的完整的话都写不出来，一个对其成就极其不满的同僚就曾阴阳怪气地说："这个人无论在哪方面都毫无教养。"

琴托维奇是斯拉夫南部一个贫苦的多瑙河船夫的儿子。一天夜里，船夫乘坐的小驳船被一艘装满谷物的汽船撞翻了，自己不幸身亡，他年方十二的儿子被一个偏僻的村落里的牧师收养。琴托维奇在乡村学校里完全学不进去，他好吃懒做，偏头偏脑，最后牧师只得尽力在家里为他补课，弥补他学识上的不足。

但努力是徒劳的。米尔科盯着已经向他解释了一百遍的字母，依旧看不懂；无论怎么绞尽脑汁，他也记不住最简单的课程内容。他已经十四岁了，算数居然还要用手指，读书看报什么的对这小伙子来说简直难于登天。然而，他这个人却谈不上不听话或者叛逆。无论别人要他做什么——挑水也好，劈柴也好，做农活也好，打扫厨房也好，他都尽心尽责地完成，尽管他的速度总是慢得让人恼火。好心的牧师最反感这个愣头愣脑的男孩那种全然事不关己的态度。他做事总是不声不响、不闻不问，不和别的男生一起玩，也不自己找事儿干，除非你刻意要求他。米尔科完成家务活之后，马上就干坐在自己的房间里，目光呆滞，好像吃草的山羊，对身边发生的事没有任何兴趣。晚上，牧师常常抽着长长的农民烟斗，和宪兵警长下三盘棋。这个金发小伙子就静静地蹲在旁边，漫不经心地看着方格棋盘，眼皮耷拉着，好像快睡着了，对一切毫不在乎。

一个冬日的傍晚，牧师和警长正在全神贯注地下棋，这时村里的街道上响起了一阵急促的雪橇铃声。一个帽子上落了大片雪的农民匆匆忙忙地走进来说，他的老母亲快要死了，请牧师马上去给她做临终涂油礼。牧师二话不说便跟了过去。还没喝完啤酒的宪兵警长点燃了烟斗，穿上厚重的高跟靴，正准备道别，却发现米尔科的目光一直盯着棋盘上那盘已经开局的棋。

"喂，你要不要把它下完呀？"警长打趣道。他知道眼前这个没精打采的小子根本连正确移动一个棋子都不会。男孩羞涩地抬眼看了看他，坐在了牧师刚才的座位上。十四步后，警长被击溃，他确定自己刚才没有因为轻敌而走错任何一步。第二局他也照样败下阵来。

"这是巴兰的驴子！"牧师回来后见状惊呼道，并向不太懂《圣经》的警长解释说，类似的奇迹发生在两千多年前，当时一个不会说话的动物突然说出了智者的语言。

尽管已经很晚了，牧师还是忍不住向这个半文盲的学生发起了挑战。米尔科轻而易举地把他打败了。前者下棋的时候非常缓慢、顽强、坚定，一次也没有从棋盘上抬起他那低垂的宽额头，他走的每一步都是那么坚定不移；无论警长还是牧师都无法在接下来的几天里赢他哪怕一局。牧师比任何人都清楚他学生的天赋在其他方面如何落后于常人，见到米尔科这种单方面的奇才突然非常好奇，想看看他能不能经得起更严峻的考验。他请村里的理发师把米尔科那草黄色的乱蓬蓬的头发修剪了一下，让他看起来多少像个样子，然后用雪橇载着他去了邻近的小镇。他知道那镇子中心广场的咖啡馆里，经常坐着一个职业棋手，和他下棋自己一次也没赢过。当牧师把这个穿着羊皮大衣、蹬着又高又重的靴子、头发草黄、脸颊红润、性格内向的十五岁男孩推进咖啡馆时，着实引起了当地群众的不小骚动。那个年轻人像是被吓到了，害羞地低垂着眼睛坐在角落里，直到别人叫他过来对局。第一战米尔科输了，因为他在好心的牧师那儿从来没见过这种所谓的西西里开局[1]法。然而第二战，他就已经和这位最好的棋手之一打成了平局。第三战和第四战获胜之后，他一发不可收，赢了一局又一局。

---

1 西西里开局：亦称西西里防御，国际象棋经典开局法之一。

这种激动人心的事很少发生在斯拉夫南部的小县城里。因此这个农民出身的象棋冠军的首次亮相，在观战的某些要人中间引起了轰动。大家一致决定让这个神童在镇上多留一天，以便召集象棋协会的其他成员与其对战，而且最重要的是，要告知住在城堡里的西姆切奇伯爵——他是一个狂热的象棋爱好者。牧师带着一种全新的自豪感看着他的养子，但不想因为过于兴高采烈而疏忽自己在主日礼拜上的职责，于是决定先行回去，同意把米尔科留在这里接受新的试炼。棋友出钱请年轻的琴托维奇住酒店，那天夜里他人生中第一次看到了抽水马桶。接下来的那个周日下午，象棋室人满为患。米尔科在棋盘前一动不动地坐了四个小时，一言不发，甚至连头都没抬，一个接一个地击败了对手。后来人们建议来一场车轮战。人们花了好一会儿才让没怎么受过教育的米尔科明白，所谓车轮战就是一个棋手同时参与多个棋局，与不同的玩家对战。米尔科明白这个规则之后，马上就进入了状态。他穿着沉重的、嘎吱作响的鞋子从一张棋桌慢慢走到另一张棋桌，最终赢得了八场比赛中的七场。

　　人们开始正儿八经地讨论这件事。虽然这个新冠军严格来说并不属于这座城市，但当地的人的自豪感还是被点燃了。或许这个在地图上几乎无人注意到的小镇，终于可以有幸将一位象棋大师载入史册。一个平时专为军队驻地的歌舞剧场推荐曲子和歌手的、名叫科勒的代理人自告奋勇，说自己可以把这个年轻人送到维也纳接受象棋技艺的专业培训，那里有他认识的一位屡获大奖的新晋象棋大师，条件是必须先支付他一整年的佣金。六十年来天天下棋的西姆切奇伯爵还是第一次遇见这种奇才，于是立马担下了这笔款子。从那天起，船夫之子震惊世人的象棋生涯开始了。

半年后，米尔科已经掌握了国际象棋的所有技艺与奥秘，尽管他有一个被专业棋手看出并嘲笑多年的弱点——琴托维奇从来无法在脑海中记住一盘棋——用行话来说就是，他不会下盲棋。他完全没有在脑海里勾勒出棋盘的能力。他的面前必须要有六十四个黑白方格和三十二个黑白棋子才行。即使在他名扬世界的时候，他也总是随身携带一个可折叠的袖珍象棋盘，以便重构某位大师的棋局，或者通过把棋盘可视化为自己找到一步走法。

这个小缺陷本身暴露了他贫乏的想象力，在专业棋手的小圈子里经常成为谈资，就好比一个杰出的演奏家或者指挥家不看着打开的乐谱就无法进行演奏或指挥一样，在音乐界难免会引起争议。可是这个奇怪的小习惯丝毫没有耽误米尔科的惊人崛起。他十七岁时就赢得了十几个象棋比赛大奖，十八岁时战胜了匈牙利全国象棋冠军，二十岁时终于把全球总冠军的称号收入囊中。那些最铤而走险的世界冠军，每个都在智力、想象力和勇气上比他高出无数倍，却被迫屈服于他那顽强而冷酷的逻辑，正如拿破仑屈从于笨拙的库图佐夫[1]，汉尼拔拿法比乌斯·马克西姆斯[2]没办法那样，后者在李维[3]的史书中被称童年时头脑迟钝、智力低下。此前世界著名的象棋大师的行列里都是各种智力超群的人，个个都富有想象力和创造力，其中不少是哲学家和数学家，而现在，突然混进来一个与他们精神世界完全不搭界的局外人，一个肥头大耳、笨嘴笨舌的农家小伙——即便最机灵的记者也没法从他口中套出哪怕一个能写入新闻采访的词。

正因为如此，琴托维奇没法为报纸贡献什么至理名言，有关他的东西统统是他自己的奇闻逸事。从棋盘边站起来的那一刻，本是冠军和大师的琴托维奇马上就无可救药地变成了一个荒诞又滑稽的人物：尽管穿着庄重的黑西装，领带上扣着过于华丽的珍珠别针，手指甲也被精心地修剪过，可他的举止风度依然是那个在村子里

---

1 库图佐夫：米哈伊尔·伊拉里奥诺维奇·戈列尼谢夫－库图佐夫（1745－1813），俄罗斯帝国元帅，著名军事家，1812 年曾率领俄国军队击退拿破仑的大军，取得俄法战争的胜利。

2 法比乌斯·马克西姆斯（约前 280－前 203）：古罗马政治家和军事家。别名"拖延者"，以在第二次布匿战争中采用迁延战术对抗汉尼拔，挽救罗马于危难之中而著称。

3 李维：蒂托·李维（前 59－后 17），古罗马著名的历史学家，《罗马史》的作者。

打扫牧师房间的智力低下的农家小伙儿的模样。他举止笨拙，做事无耻，不成体统，经常贪小便宜，贪婪得近乎庸俗，总想利用自己的能力与声望赚钱，能赚多少就赚多少，这常把他的专业棋手同僚们逗乐，或者使他们恼火。他从一个镇跑到另一个镇，住的总是最廉价的旅馆，在最寒酸的俱乐部里下棋，只要钱给够了，他甚至允许别人把自己画在肥皂广告上，还把自己的名字卖给人家出版一本名叫《象棋哲学》的书，丝毫不理会竞争对手们的嘲笑。后者知道他连正确拼写三句话都做不到，他那本所谓的《象棋哲学》只是加里西亚的一个大学生为一个急着推销的出版商写的。正如所有天性驽钝的人那样，他完全意识不到什么是可笑的；自从在全球大师赛上夺冠后，他就认为自己是世界上最重要的人，并且知道自己击败了所有这些在各自领域里声名显赫的聪明人、知识分子、光辉无限的演说家和作家，尤其是他赚得比他们多这件事，让这个起初不自信的小伙子变成了一个冷酷、高傲、举止粗俗、自命不凡的人。

"不过，如此迅速地成名怎能不让一颗空空如也的脑袋陶醉呢？"在列举了琴托维奇的一些幼稚又傲慢的经典事例之后，我的朋友总结道，"一个来自巴纳特的二十一岁农民小伙儿，只是在一块木板上移动了几下木棋子，就发现自己一周比整个村辛辛苦苦伐木、干农活一年赚到的钱还多，怎能不染上虚荣心呢？而且，你如果根本不知道历史上还有过伦勃朗、贝多芬、但丁和拿破仑，那么很容易就会把自己视为一个伟人，不是吗？这家伙在他那逼仄的脑子里只知道一件事，那就是他已经好几个月没输过一盘棋了。由于他不知道世界上除了象棋和金钱之外还存在着别的东西，所以他完全有理由觉得自己很了不起。"

我朋友所说的事果然激起了我的好奇心。所有的偏执狂——我素来对这类人感兴趣——所有那些一辈子只生活在同一个理念里的人，都是这样；然而，一个人越是受限，他在另一方面就越是接近无限。这些人貌似避世，实际上正像白蚁一样用自己特有的材料构建着一个独一无二、非同凡响的微型世界。所以，我毫不避讳地说，在到达里约之前的这十二天里，我要好好观察这个脑子一根筋的奇才。

"你不会这么好运得手的。"我的朋友警告说，"据我所知，目前还没有人成功地从琴托维奇口中套出过什么可以用于考察他心理的素材。这个农民生性狡猾，狭隘的心胸背后城府可深着呢，他不会轻易暴露自己的。这都归功于他简单粗暴的谈话方式，因为平时除了和老乡说几句话以外，他总是避免和别人交谈。一感觉到面前坐着的是一个富有教养之士，他就马上缩回自己的蜗牛壳里。因此没有任何人能夸口说自己从他口中听到了什么蠢话，或者是至少能证明他毫无教养的话。"

朋友所说确实不错。船上旅行的这几天，除非特别厚脸皮——这恰恰不是我的强项——否则根本无法接近琴托维奇。有时他会在甲板上散步，可总是把手背在后面，倨傲地沉思着什么，活像名画中的拿破仑；而且他散步的时间总是那么出其不意，又不会持续太久，如果不小跑着追上去，根本不可能和他搭上话。他平时从来不在公共休息室、酒吧或者吸烟室露面。我向船上的侍者偷偷打听之后才知道，他平日大部分时间都把自己关在房间里，要么在一副巨大的棋盘上练习棋艺，要么就重摆一下那些经典的对局。

三天过后，我真的有点儿恼火了，他那顽强的防守战术比我想接近他的愿望不知道要高明多少倍。我这辈子还从未有机会接近一位世界象棋大师，我越是努力地在脑海中勾勒这样一个人，就越是觉得他那毕生只局限在六十四个黑白棋盘格上的大脑活动不可想象。我当然亲身体会过这种所谓的"皇家游戏"有着多么神秘的吸引力，毕竟这是人类发明出来的所有游戏中唯一一个可以自信地摆脱粗暴的偶然性、只为精神——或者说为一种精神活动方面的天赋——加冕的游戏。不过，既然人们把象棋称为"游戏"，那么这种称谓本身不就隐含着某种侮辱性的限制吗？难道象棋算不上一门科学、一门艺术吗？它就像穆罕默德的棺木一样，漂浮于天地之间，独一无二地联系着两个极端；它古老无比，却历久弥新，其格局设置偏向机械，却又联动着人类的想象力；它受限于一个死板的几何空间，却呈现了无限种组合的可能性；它不断地发展着自身，却永远那么枯燥。它是一种无果的思想，一门没有答案的数学，一类不产生作品的艺术，一幢不需要实体的建筑，然而其存在又比所有书本和作品更持久——它是唯一一种属于全人类、全时代的游戏。我们永远不知道是哪位神祇把它带到了人间，为了消解无聊，为了锐化感官，为了充实灵魂。象棋的起点在哪儿，终点又在何方呢？每个小孩子都能学会初步的规则，每个笨蛋都可以一试身手，然而在这块不能变化的方格上又孕育了一批天赋异禀的大师。这个领域的大师和其他领域的没有可比性，因为他们的天才只贡献给了象棋，那是一种特殊的天才——需要远见、耐心和技艺，这三者之间的比例要分配得刚刚好——正如数学家、诗人、音乐家身上的那种天才，只是有着完全不同的层次和联系。

在过去颅学兴盛的时代，加尔[1]或许会去解剖这些象

---

1 加尔：弗朗兹·约瑟夫·加尔（1758—1828），德国神经解剖学家、生理学家，率先研究了大脑中不同区域的心理功能。

棋大师的脑子，看看这些奇才的大脑灰质里有没有什么特殊的盘曲结构，有没有什么比常人更发达的"象棋肌"或者"象棋隆起"。这样一位颅相学家要是遇见了琴托维奇，肯定会气得半死，想不明白为什么象棋大师的天才会刻入这个智力低下的脑子，正如一块顽石里面出现了一条金矿脉。我本来可以理解，为什么这种天才的游戏会培养出一系列异于常人的决斗者，可是，要设想一个精神上非常活跃的人把自己的大脑局限在黑白两色的单轨道世界中，从此只把三十二个棋子的攻守进退视为自己人生的输赢，是多么困难、多么不可能的事。这样一位天才，他认为在每次开局的时候，往前移动一个马而不是兵就算得上创举了；而在象棋书的小角落里占据一席之地就意味着不朽——这样一个人，一个在智力和精神上前途无限的人，会十年、二十年、三十年、四十年都把思想集中在下棋这件可笑的事情上，一辈子只想着怎么在一块木板上把木做的王逼进角落里，而居然不会发疯！

现在，我就目睹了这样的一件事，距离这样一位怪异的天才和神秘的傻子只有咫尺之遥——他和我的房间之间只隔着六个舱位。我真是不幸啊，总是对与精神领域有关的东西特别好奇，压抑不住内心的激动，然而这次肯定是接近不了他了。我开始设想一系列荒谬的诡计，比如装作一家重要报纸的采访者来满足他的虚荣心，或者建议在苏格兰举办一场利润丰厚的比赛来煽动他的贪欲。可我最后灵机一动，突然想起来，猎人引诱松鸡的最佳技巧是模仿它求偶的叫声。有什么比自己下棋更能吸引国际象棋大师的注意力呢？

可我这辈子从来就不是什么正儿八经的象棋手，原因很简单，因为我下棋总是没有什么压力，只为了兴趣；我在棋盘前坐个一小时不是为了绞尽脑汁，反而是为了放松心情。我真的是在"玩"象棋，而那些真正的棋手则是在"斗"棋——如果要把一个新词引入德语的话。下棋就像恋爱，少一个人做伴是不行的，当时我不知道除了我们之外还有没有别的象棋爱好者。为了把他们引出来，我在吸烟室设置了一个朴素的陷阱，我和我那个比我棋还下得差的妻子坐在一张棋盘桌前，俨然两个等着猎物的捕鸟人。

果不其然，我们还没走上六步，就有路过的人驻足观看，第二个则请求我们让他观战；最后终于来了一个向我挑战的对手。此人名叫麦康纳，是一个苏格兰土木工程师，我听说他在加利福尼亚的石油钻探中发了大财。他身材魁梧，下巴硬朗得近乎方形，有一口健康有力的牙齿，那显眼的红润的脸色至少部分要归因于喝了太多威士忌。可惜这个麦康纳先生是那种自恋的成功人士之一，他宽阔的、运动员一样粗犷的肩膀，甚至在下棋的时候也明显代表着他们的风格。对这种人来说，即便是在一场最无关紧要的游戏中落败，也意味着人格受到了贬低。他们被现实中的成功宠坏了，总爱肆无忌惮地实现自己的目的。这个白手起家的男人心里充满了不可动摇的优越感，以至于任何不利在他眼里都是和他作对，甚至是人身攻击。输掉第一局之后，他一脸不满，笨拙地解释道只是因为一时轻敌，第三局的败北又被他归咎于隔壁房间的各种噪音；如果不让他在输掉棋局后马上报复回来，他就不愿罢休。我一开始真的被他野心勃勃的傻劲儿逗乐了；但说到底，我接受他的挑战只是为了把那位世界冠军吸引到我们桌边来而已。

第三天，它奏效了，虽说只成功了一半。琴托维奇要不就是在甲板上散步的时候透过舷窗看见我们在下棋，要不就是偶然大驾光临吸烟室——无论如何，他一看到我们这些门外汉在棋盘上练习他自己的那门技艺，就马上下意识地走近一步，在适当的距离之外审视我们的棋局。这会儿刚好轮到麦康纳走棋。他只走了一步棋，琴托维奇就已经知道，没必要再继续关注了，我们这些业余爱好者根本就不配让他感兴趣。这就好比我们在书店里会对店员推荐的一本拙劣的侦探小说嗤之以鼻，连翻都懒得翻。琴托维奇理所当然地从桌旁走开，离开了吸烟室。"原来是觉得我们不够格呀。"我心想，对他那冷冷的、蔑视的目光有点儿恼火。为了发泄自己的不满，我故意对麦康纳说："大师似乎觉得您走的这一着不怎么样呢。"

"什么大师？"

我向他解释说，刚刚从我们身边走过、不以为然地看着我们下棋的那位先生，就是国际象棋大师琴托维奇。"好吧，"我继续说道，"我们俩会受得住的，他怎么蔑视我们我都不会难过——毕竟穷人就只能用水煮饭嘛。"然而令我惊讶的是，这随口一说居然产生了完全出乎意料的效果。麦康纳立马兴奋起来，忘记了我们的对局，我都能听见野心在他胸膛里怦怦直跳了。他原不知道琴托维奇就在船上，这下非要与他过招不可。他这辈子还从未与一位世界冠军对弈过，除了在一次四十人的车轮战中——那次可真是激动人心呀，他差一点儿就赢了。他问我是不是认识这位世界冠军，我说不认识。他又问我能不能上前搭话，请那位先生来参与我们的棋局。我还是拒绝了，解释说，据我所知，琴托维奇不是很热衷于交新朋友。况且，对一位世界冠军来说，和我们这些三流棋手对弈又有什么意思呢？

好吧，我不应该对麦康纳说三流棋手之类的话。他愤怒地往后一靠，狠狠地说，自己不相信琴托维奇会拒绝一位绅士的礼貌邀请；他会让他应战的。在他的强烈要求下，我简单地介绍了这位世界冠军的个人情况，然后他就冷冷地离开了我们的棋局，心急地朝正在甲板上散步的琴托维奇冲去。我再一次感觉到，只要这个牛高马大的男人决定了要做什么事，那么谁也阻挡不了。

我急切地等待着。十分钟后麦康纳回来了，看着有点儿狼狈。

"怎么样？"我问。

"您刚才说的没错，"他有点儿恼怒地回答，"这位先生有点儿让人不舒服。我向他介绍了自己，可他连手也没朝我伸出来。我试着向他解释，如果能与他进行车轮战，我们会有多么自豪和荣幸。然而他固执得要命，他说，很抱歉，他对他的经纪人有合同义务，后者明确禁止他在整个巡回比赛期间无偿参加比赛。他开的最低价是两百五十美元一局。"

我笑了："我永远也不会想到，把棋子在黑白棋盘上移一下是这么赚钱。希望您刚才告辞的时候没有太失礼。"

可是麦康纳依然满脸正经："比赛定于明日下午三点，在吸烟室。希望我们不会太轻易地败下阵来。"

"什么？您真的付了两百五十美元给他？"

"不然呢？*下棋可是他的工作*[1]。如果我是船上的牙医，我也不会乐意免费帮别人拔牙的。这个男人开高价是应

---

1 原文为法语。

该的，毕竟，无论在什么领域，真正的行家也是最优秀的商人。对我来说，开价越清楚越好。我宁愿付钱也不想让琴托维奇先生出于怜悯来和我下棋，最后还得对他感恩戴德。哪怕在我们的俱乐部里下棋，一晚上花掉的还远远不止两百五十美元呢，况且那里还没有什么世界冠军。对我们这些'三流棋手'来说，被他击败也不是什么可耻的事。"

刚才不小心说出的"三流棋手"这个词居然这么伤麦康纳的自尊，这可把我逗乐了。既然他愿意为这种昂贵的娱乐买单，我也就不排斥他那扭曲的虚荣心了，何况拜它所赐，我即将认识一位令我如此好奇的人物。我们马上向周围四五位自称是棋手的先生通告了这件事，为了到时尽可能不被打扰，不仅我们的桌子，就连邻桌也为我们明天的比赛预留好了。

第二天，我们两个在约定的时间来到了现场。世界冠军对面的中间座位当然是麦康纳的，他点着一根又一根大雪茄，不安地看着时钟，以缓解自己的紧张情绪。可是冠军他——我从我朋友先前的讲述中已经猜到了——在约定时间的十分钟后才款款进场，恰恰是这等待的时间让他的登场更加隆重了。他平静而从容地走到桌边，没有自我介绍——这种粗鲁似乎在表明：你们都知道我是谁，而我对你们不感兴趣——接着便用一种专家特有的干巴巴的口吻安排一些实际操作。由于船上缺乏可用的棋盘，像一般车轮战那样同时展开几个局是不可能的，因此他建议我和麦康纳一起上。每走一步，我们俩都可以进行商议，而他会走到房间尽头的另一张桌子旁，以免打扰我们。遗憾的是，现场没有桌铃，我们只能用勺子敲一敲酒杯，表示我方回合结束。他提议，走每一着限时十分钟，除非我们有其他的安排。当然，我们就和羞涩的小学生一样，马上同意了这个提议。琴托维奇走黑子，都没坐下就走了第一着，随即去了之前说的等候区，懒洋洋地靠在那里，随手翻看一本有插图的杂志。

对弈过程没什么可说的。结局在意料之中，我们才走了二十四步就已惨败。象棋世界冠军用一只左手就能干掉六名中下级棋手，所以没什么好奇怪的。让我们恼火的是，琴托维奇以一种非常霸道的方式告诉我们，他不费吹灰之力就能赢。每次他都只是瞥一眼棋盘，目光像扫视木头人一样从我们身上扫过，这种粗鲁的态度堪比满眼蔑视地给身边的脏狗丢根骨头。我觉得，如果他稍微通人情一点儿，大可以指出我们走错了哪一步，甚至说一句友好的话让我们振作起来。可是整场对弈下来，这架没有人性的下棋机器一个字也没说，除了那句"将死了"，之后就一动不动地等在那儿，看看还有没有人要挑战他。我无可奈何地站了起来，就像那些面对粗鲁行径别无他法的人一样做了个手势，表示这笔金钱交易到此为止，反正我已经认识了他，乐子也享完了。然而让我恼火的是，麦康纳在身边用异常沙哑的声音低吼道："这个仇一定要报！"

我被他那充满挑衅的语气震惊了。实际上，此时的麦康纳看起来更像一个即将还击的拳击手，而不是一位彬彬有礼的绅士。是因为琴托维奇赏给我们的那种令人不快的待遇吗？还是因为他自己那病态的易怒和野心？无论怎样，麦康纳一下子像变了个人似的。他大汗淋漓，脸一直到前额都涨得通红；因为内心承受的压力，他的鼻孔张得老大，紧紧咬住的嘴唇两角各有道锋利的皱纹，一直延伸到好战地往前突出的下巴上。我忧心忡忡地看着他，他的眼神像那种在轮盘赌中赌了六七次，下注两倍，却还是没有赌中颜色的人。那一刻我意识到，眼前这个野心勃勃的人会一直和琴托维奇斗下去，一对一也好，两人参战也好，哪怕花掉全部家产都要赢一次。如果琴托维奇顺水推舟，他可以在麦康纳身上赢下一座金矿，在船到达布宜诺斯艾利斯之前就能赚几千美元。

琴托维奇面无表情。"乐意奉陪，"他礼貌地说，"现在轮到两位先生下黑子了。"

第二局同样没有什么起色，只是把越来越多好奇的人吸引到了我们这个圈子，气氛越来越热烈了。麦康纳紧紧地盯着棋盘，仿佛想用意念来吃子。我觉得他会激动地献祭一千美元，就为了能朝这个冷血的对手解气地大呼一声"将死了"。奇怪的是，他那固执的兴奋不知不觉地传染了我们。我们每下一步都比之前讨论得更火热，在决定下一步棋怎么下之前总是变来变去，不到最后一刻不发出让琴托维奇回到棋桌旁的信号。就这样，我们慢慢磨到了第三十七步。让我们惊喜的是，这时突然出现了一个看起来对我们极其有利的局面，因为我们成功地将 c 列的兵移到了该列的倒数第二格，也就是 c2，只需要再将它移动到 c1，就可以升变为第二个后。诚然，我们对这个显而易见的机会并不完全放心。我们一致怀疑，这个明显的优势肯定是深谋远虑的琴托维奇故意设下的陷阱。但是，尽管经历了艰苦的考察和讨论，我们还是无法看出其中有什么把戏。最后，只剩下一点点思考时间了，我们决定还是冒险走这一着。麦康纳已经把手放在了兵上，马上就要把它推到 c1 了，这时，突然有人拉住他的手臂，轻声而激烈地说道："这一步千万不能走！"

我们不由自主地转过头去。那是一位约莫四十五岁的先生，我在甲板上散步时曾注意过他，他那张狭长又锐利的脸苍白得出奇，就像石灰一样。他一定是在最后几分钟围过来的，当时我们正在全神贯注地想战略。看到我们全都朝他看去，这位先生赶紧解释道：

"如果您现在把兵变为后，他马上就会用 c1 的象吃掉它，然后您用马把他的象吃掉。可是与此同时，他的兵就会畅通无阻地行进到 d7，威胁您的车，即便您用马来将军，最后还是会撑不了九步或者十步就败下阵来。这几乎和 1922 年阿廖欣和波戈留波夫在皮耶什佳尼[1]大锦标赛上的对弈一模一样。"

　　麦康纳惊讶地松开握着棋子的手，和我们一样诧异地望着眼前这个男人，仿佛他是从天而降来救场的天使。一个能在九步之前就预料到棋会被将死的人肯定是一位顶级棋手，身经百战，甚至可能是世界冠军的有力竞争者。他突然在危急关头出现并伸出援手，这看起来几乎像是神力。麦康纳最先让自己冷静了下来。

　　"那您建议怎么走？"他兴奋地低声问道。

　　"不要横冲直撞，要以退为进！首先把王从危险的 g8 移到 h7，这样对手很可能会转而进攻您的另一翼。然后您可以用兵还击，从 c8 走到 c4；这样一来，他就要多走两步棋，失去一个兵，从而失去原先的优势。这时两兵相接，您可以大方地防御，那样就能打平。这局就别奢望赢了。"

　　我们又一次惊呆了。他那计算的速度和精准度简直

1　皮耶什佳尼：原捷克斯洛伐克现斯洛伐克的城市。

出神入化，仿佛是从一本印好的棋书上读出来的那样。他介入之后，我们至少有机会和一位世界冠军打成平手，这简直像魔法一样，是我们之前想都不敢想的。我们心照不宣地让到一边，让他把棋盘看得更清楚。麦康纳又一次问道："把王从 g8 走到 h7 吗？"

"没错！先回避！"

麦康纳照着他说的做了，我们接着敲了敲酒杯。琴托维奇以往常那种心不在焉的态度走回桌边，瞥了一眼我们下的棋。然后他把王翼的一个兵从 h2 移到 h4，和那位不知名的救星所预言的一模一样。此人现在激动地在我们耳边说：

"车前移，前移，从 c8 移到 c4，这样他就不得不去保自己的兵了。可是这样是没用的！您尽管还击，不要理会他那几个横冲直撞的兵。您把马从 d3 走到 e5，这样就能势均力敌。现在是进击的时候了，不要一味防守！"

我们不明白他的意思，他说的话在我们听来简直是天书。不过麦康纳已经按照他所说的做了，甚至想也不想，似乎完全中了他的魔咒。我们再一次敲了敲杯子，把琴托维奇叫了回来。他第一次没有不假思索地走棋，而是紧张地看着棋局，不由自主地皱了皱眉头。然后他走了那个陌生人所说的那一着，继而回到等候区。然而，在他回来对局之前，发生了一件谁都想不到的事：琴托维奇居然转头朝我们这边张望——显然，他想知道到底是谁突然对他发起了这么激烈的抵抗。

那一刻，我们兴奋得无法自持。在此之前，我们一直没抱太大的希望，但现在一想到能打破琴托维奇那冷酷的傲慢，我们就忍不住血脉偾张。我们那位新朋友已经策划好了下一着，我们可以——我拿起勺子准备敲响酒杯的手颤抖个不停——把他叫回来了。现在迎来了我们的第一次胜利。一直都是站着和我们下棋的琴托维奇，这回想了又想，犹豫不决，最后居然在棋桌前坐下了。他缓慢又沉重地坐下来——之前他一直是居高临下地俯视着我们，现在起码在身体上和我们平起平坐了。我们迫使他在空间上和我们处在同一水平线上。他思索良久，目不转睛地看着棋盘，以至于根本看不见他黑色睫毛下的眼珠了。在苦苦的思索中，他的嘴慢慢地张开，这让他的圆脸看起来憨得不行。我们的朋友这时低声说道：

"这一着只是拖延时间！想得倒好！可是不能中了他的计！马上逼他兑子，无论如何都要逼他兑子，这样我们就打平了，上帝也救不了他。"

麦康纳对他言听计从。接下来就是两个人的对弈——我们这时只能呆呆地坐着，沦为没有思想的配角——这是一种我们完全理解不了的攻守。大概七步之后，琴托维奇考虑了很久，最后抬起头来，说了一句："平局。"

一时间，全场鸦雀无声。可以听到窗外海浪的沙沙声，沙龙里的收音机传出的爵士乐曲声，甚至还有甲板上的每一阵脚步声和从窗缝吹进来的轻微的风声。我们屏住了呼吸，这一切来得太突然，我们都震惊了——这个陌生人在一场已经输了一半的棋局中用自己的意志强行战平了世界冠军，这可能吗？麦康纳猛地往后一靠，长长地呼了一口气，唇间发出一声得意的"啊"。我转而看向琴托维奇，最后几着的时候，他的脸色非常苍白。然而他知道怎么克制自己，表面上依旧保持着冷漠，不为所动，一边用手把棋子拨到一边，一边看似随意地问了一句："先生们还要来第三局吗？"

他以一种非常实际的、几乎像在谈生意的口吻提了这个问题。奇怪的是，他说话时并没有看着麦康纳，而是尖锐地注视着我们那位救星的眼睛。正如马从更为坚定的坐姿中就能辨认出一个更好的骑手一般，他在走最后几着的时候认清了谁才是他真正的对手。我们下意识地跟随他的目光，看向那个陌生男子。然而在他能思考和回答之前，麦康纳就已经按捺不住自己那虚荣又激动的心，炫耀胜利一般对陌生人喊道："当然！不过这次只有您和他下！您单挑琴托维奇！"

不过这时发生了一件出乎所有人意料的事。那个陌生人之前还古怪地、吃力地盯着已经清理好的棋盘，此时突然吃了一惊，因为他感到大家都在看着他，热烈地谈论着他，顿时乱了阵脚。

"不可能，先生们，"他结结巴巴地说，显然真的被吓了一跳，"这是完全不可能的……我不行的……我已经二十年，不，二十五年没下过棋了……现在我明白过来了，刚才未经允许就参与您的棋局是多么失礼……请原谅我之前那么鲁莽……我不想再打扰在座的诸位了。"还没等我们从震惊中回过神来，他便已经从人群中退了出去，离开了吸烟室。

"可这根本不可能啊！"容易激动的麦康纳边说边用拳头敲了敲桌子，"怎么会二十五年没下棋呢？他可是每一着都算到了，在五步或者六步之前就猜到了对手会怎么还击。这种能力可不是伸手就来的啊。这根本不可能——不是吗？"

麦康纳下意识地把最后一个问题抛给了琴托维奇，可是这位世界冠军依旧面不改色。

"这我无法判断。无论如何，这位先生的棋下得很奇特，也很有趣；所以我特地给了他一次机会。"他边说边漫不经心地站起身来，实事求是地补了一句，"如果这位先生，或者说在座的哪位先生明天还想对弈一次，我三点钟之后很乐意奉陪。"

我们忍不住偷偷笑起来。在场的每一位都知道，琴托维奇根本就没有给我们那位不知名的救星什么机会，他这话只是用来掩饰自己失败的幼稚借口。我们迫不及待地想看到这个高傲的人被当众羞辱。突然之间，一股狂野又虚荣的好战情绪席卷了我们这些平时无欲无求、轻松随性的乘客，因为我们意识到，这位世界象棋冠军可能会在大洋上的这艘船上丢掉自己的桂冠——世界各地的媒体一定会火速报道这件事——一想到这里，我们就陶醉不已。此外，这件事本身还有一种神秘的气息，因为偏偏在关键时刻，我们的大救星出场了，他谦虚得近乎可怕，和一名专业棋手那不可动摇的自信形成了鲜明对比。这个陌生男人到底是何方神圣？是因缘巧合使得一位被埋没的象棋天才重见天日了吗？还是说某位大师因为某种无人知晓的原因对我们隐瞒了他的姓名？我们激动不已地讨论了所有这些可能性，然而即使是最大胆的假设，也不足以让我们把他那谜一般的羞涩和令人惊讶的自白与他那明明白白的高超棋艺联系起来。然而，另一方面，我们一致同意：决不能错过观摩第三战的机会。我们决定用尽一切办法来说服我们的救星在明日下午参与和琴托维奇的对局，麦康纳自愿承担本次比赛所有经济上的风险。通过向船上的侍者打听，我们得知这个陌生男子是个奥地利人，而我作为他的老乡，便负责去向他传达我们的请求。

不久之后，我就在甲板的长廊上找到了这个匆匆逃走的人。他正躺在一把躺椅上看书。在走到他面前之前，我趁机观察了他一下。他那轮廓锐利的脑袋略显疲惫地枕在枕头上——我又一次察觉到他那张相对年轻的脸庞是多么苍白，甚至两边的鬓角都已经银发苍苍；不知道为什么，我有一种感觉，眼前这个男人肯定是一瞬间就老去了。我走近他的时候，他礼貌地站起身来自我介绍，这名字我一听就觉得耳熟，那是一个极富声望的古老奥地利世家的姓氏。我记得舒伯特的密友里就有冠这个姓的人，而且老皇帝[1]的一位贴身御医也是出自这个家族。

我向 B 博士传达了我们的请求，希望他接受琴托维奇的挑战。他听后非常惊讶，原来他并不知道自己在那场比赛中光荣地战胜了一位世界冠军，甚至是我们时代最成功、声名最隆的一位。出于某种原因，我们的这次交流似乎给他留下了特别的印象，因为他不断地问我是否确定他的对手真是公认的世界冠军。我很快便注意到，这个信息有利于我说服他参加这次的对弈，同时也察觉到他是个细腻敏感之人，还是不要告诉他输掉比赛会让麦康纳蒙受经济损失一事为好。B 博士犹豫良久之后终于

---

1 老皇帝：指奥地利皇帝，奥匈帝国皇帝兼匈牙利国王弗兰茨·约瑟夫一世。

愿意参加比赛了，可是也不忘明确地请我警告其他先生，不要对他的实力寄予过高期望。

"因为啊，"他带着审慎的微笑补充道，"我真的不知道自己能否按照所有规则正确下棋。请您相信我，我当时说从高中时代开始这二十多年来没有碰过棋子，绝不是假谦虚。甚至在当时，我也被认为是一个没有什么特别天赋的棋手呢。"

他说得如此自然，我丝毫不能怀疑他的真诚。尽管如此，我还是忍不住对他能记住历代大师的每一个棋局表示惊讶。他一定对国际象棋研究良多，至少在理论上是这样。B博士又笑了，那是一个梦幻得不同寻常的微笑。

"研究良多！天知道呢，您可以说我一直在下棋，但这发生在非常特殊，甚至是史无前例的情况下。这是一个很复杂的故事，不过怎么也算是对我们这个可爱的、波澜壮阔的时代的一笔小小的献礼。如果您有耐心听我说半小时的话……"

他指了指旁边的躺椅。我欣然接受了他的邀请。我们身旁没有别的人。B博士摘下老花镜，把它放在一边，开始讲述道：

"您刚刚友好地提到，您作为一个维也纳人，还记得我们家族的姓氏。不过我猜您应该没听说过我们家族的律师事务所，该所一开始由我和家父一起经营，后来则是我自己一人，我们几乎没有接手什么可以见报的案件，而且原则上避免新客户。其实，我们没有实质性的法律业务，仅限于做法律咨询，主要负责几所大型修道院的资产管理，家父以前是神职人员，和这些修道院走得很近。此外，我们还负责——既然君主制已经成为历史，那提到这些也没关系了——管理一些皇室成员的资金。这些与宫廷和教会的联系——我叔叔既是皇帝的贴身御医，也是塞滕斯泰滕修道院的院长之一——可以追溯到两代人以前；我们只需要继承它，而我们那不动声色的低调业务是皇室和教会出于信任委托给我们的。做好这份工作只需要谨慎得体，踏实可靠，这恰恰是已故的家父最擅长的。事实上，无论处于通货膨胀还是政变迭起的年代，他都谨慎行事，成功地为客户们保留了大量的资产。

"希特勒在德国上台后，开始把魔爪伸向教会和修道院的财产，我们在国境线以外进行着各种谈判和交易，至少避免了流动资产被希特勒政府没收。正因为我们事务所不起眼——在我们的屋门上甚至连标志都没有——而且我们故意避开了那些君主制拥护者的圈子，所以最终从那些未经许可的审查之中幸存了下来。事实上，这些年来，奥地利当局从来没想过，皇室的秘密信使总是在我们四楼不起眼的办事处那儿投递或收取他们最重要的信件。

"民族社会主义者们早在武装自己的军队侵略世界前，就开始在邻国组建另一支同样危险且训练有素的军队，他们把弱势群体、流离失所的人和被侮辱之人紧紧地捏在了掌心。每个部门和每家企业里都隐藏着他们所谓的'牢房'；处处都有监听站和间谍，连陶尔斐斯[1]和舒施尼格[2]自己的房间也不例外。甚至在我们那家不起眼的律师事务所里——可惜我知道的时候为时已晚——都有他们的人。当然，我在事务所里只雇用了一位牧师本人推荐的职员，他业务能力很差，而且总是叫苦连天，他在这里唯一的用处就是让我们公司看起来像一家平常的企业。实际上，除了一些无关痛痒的差事，比如接电话和整理档案——这里指的是那些不重要的、无关痛痒的档案——我们没让他干别的活儿。我从不允许他拆任何信件，所有重要的信件都是我自己用打字机写的，没留下任何副本，我把每一份机要文件都带回了家，秘密会议专门在修道院内的小隐修院或者我叔叔的诊病室内进行。由于采取了这些预防措施，监听站对重要的事件一无所知。然而，由于一次不慎，那个颇有野心、爱慕

---

1 陶尔斐斯：恩格尔伯特·陶尔斐斯（1892—1934），奥地利政治家，1932—1934年担任奥地利总理。

2 舒施尼格：库尔特·舒施尼格（1897—1977），奥地利政治家，在1934年接替被刺杀的恩格尔伯特·陶尔斐斯成为奥地利联邦国的总理。

虚荣的小伙子注意到了他不被我们信任，而且有什么有趣的事情正瞒着他。那次我恰好不在事务所，信使送信的时候不小心说了'陛下'两个字，而没有像事先约好的那样说'费恩男爵'。那个混账职员一定违反了规定，私自拆了我们的信件——无论如何，在我对他有所怀疑之前，他就从慕尼黑或者柏林接到了任务，负责监视我们。直到很久以后，当我身陷囹圄时，才想起他态度的变化——他一改之前那吊儿郎当的样子，最近几个月总是热心地要为我把信送去邮局。我不能原谅自己的轻率，不过当时不是连最伟大的外交官和军人都被希特勒的那套玩意儿给骗了吗？

"事实证明盖世太保之前是那么事无巨细地关注着我的一举一动，因为当天夜里，即舒施尼格宣布退位、希特勒进驻维也纳的那一夜，我就被党卫军的人抓走了。幸好我在收音机里一听到舒施尼格的退位演说，就把所有的重要文件付之一炬。剩下的文件连同那些修道院和两位大公在国外的资产证明，被我放在了一个洗衣篮里面，在最后一分钟经由一个年迈、可靠的女管家送到了我叔叔那里。不久之后，就传来了党卫军的人剧烈的敲门声。"

B博士中断了讲述，点了支雪茄。火光闪烁之间，我察觉到他的右嘴角紧张地抽搐了一下。其实，我之前就注意到了这一点，而且发现每隔几分钟这种抽搐就会重复一次——虽然只是一闪而过的动作，几乎不比呼吸强多少，却让整张脸都浮现出一种诡异的躁动。

"您现在可能在想，我会跟您讲述那些依然忠于过去的奥地利的人们被转移到集中营的事情，倾诉我在那里遭受的屈辱、折磨和痛苦。可是这样的事没有发生。我被分到了另一类囚徒中。我没有成为那些不幸者中的一员，没有成为纳粹通过灵肉双重酷刑来发泄内心激愤的对象，而是被分配到了一个非常小的团体中——纳粹希望从这些人的身上榨取钱财或者其他机密信息。诚然，盖世太保对我这个小人物本身并不感兴趣，但他们肯定知道我是他们最大敌人的代理人和盟友。他们想从我手中获取那些对他们的敌人不利的罪证：针对修道院的罪证，因为他们想证明其非法转移了财产；另外，还有针对奥地利皇室和所有那些献身于君主制的人的罪证。

"他们的怀疑没有错，那些由我们经手的基金项目里的确藏着一些重要资产，无论他们多么想抢都抢不走；所以，他们在第一天就打电话给我，用一些老奸巨猾的手段想从我口中套出这些秘密。我们这种人对他们来说还有利用价值，可以榨出金钱和机密信息，因此没有被送进集中营，而是受到了特殊待遇。您可能还记得，我们的总理、男爵罗斯柴尔德，当时也没有被关进铁丝网后的集中营，因为纳粹还要从他的亲属那儿勒索几百万元。他们特别优待了他，把他软禁在一家酒店里，也就是那家大都会酒店，盖世太保的总部。在那儿，每个被软禁的人都有一间隔离开来的房间。即便是我这个不起眼的小人物，居然也获得了这样的待遇。

"在酒店里有一间自己的房间——听起来是不是很人道？不过，请您相信我，他们没有把二十个'名人'塞在同一间冰冷的营房里，而是为他们配备了一间暖气充足的酒店单间，这绝对不是什么人道待遇，而是一种更为狡猾的折磨手段。因为，他们为了获取必要的机密信息而对我们施加的压力，不是通过殴打或者肉体折磨来奏效的，他们要用一种人类可以想象得到的最巧妙的方式来逼我们就范——隔离我们。他们没动我们一根头发，只是把我们置于完美的虚无中。众所周知，地球上没有任何事物能像虚无那样对人类灵魂施加如此大的压力。他们把我们每个人单独关在一个完美的真空里，与世隔绝，压力不是来自外界的殴打和严寒，而是产生自内部，为了最终把我们的嘴撬开。

"乍一看，分给我的房间还挺好的：一扇门、一张床、一把扶手椅、一个洗脸盆和一扇带栅栏的窗户。但是门日夜紧锁，没有书，没有报纸，没有纸，桌子上不允许放铅笔，窗户外面只有一堵高墙——在我周围，甚至在我身上，都是绝对的虚无。他们收走了我所有的东西，收走手表，为了不让我知道时间；收走铅笔，为了不让我有东西可写；收走小刀，以防我割脉自杀。哪怕最轻微的可以自我麻醉的事情，比如说抽烟，都被他们禁止了。除了那些一声不吭、不准回答任何问题的守卫，我连一张活人的脸都见不到，也听不见任何的人声；从早到晚，从晚到早，我的眼睛、耳朵，还有其他感官都得不到任何滋养，除了自己的身体和四五件死物——桌子、床、窗户、洗脸盆，我身边什么都没有，孤独得不可救药；我在这片沉寂的黑色海洋中活着，仿佛一个被困在玻璃钟罩里的潜水者，他知道通向外界的唯一绳索已被切断，从今以后只能活在这寂静的深海，再也无法浮上水面。我无事可做，无声可听，无人可见，周围什么都没有，只有一片从不间断的虚无，空间和时间已经不复存在。我在房间里踱来踱去，思绪也跟着一遍又一遍地起起落落。然而，哪怕最虚无缥缈的想法都需要一个支撑点，否则它们会开始自转，毫无意义地绕圈子，甚至连它们也无法承受虚无。我从早到晚等着什么事发生，可什么也没有。等了又等，还是没有。一直等下去，等下去，等下去，想下去，想下去，想下去，直到太阳穴变得滚烫，可依旧无事发生。我独自一人。独自一人。独自一人。

"这样的状态持续了十四天，我生活在时间之外，世界之外。哪怕战争爆发了，我也不会留意到，因为我的世界只有桌子、门、床、洗脸盆、扶手椅、窗户、墙壁。我总是盯着同一堵墙上的同一张墙纸看，我看得那么久，以至于它每一行锯齿状的花纹都像用刻刀刻进了我大脑最深处一样。之后，审讯终于开始了。试想一下，你突然被传唤，甚至不知道外面是白天还是黑夜。你被叫走，被人带着穿过几条走廊，不知道要去哪儿；然后他们叫你在一个陌生的地方等着，你等啊等，突然就站到了一张桌子前，周围坐着几个穿制服的人。桌子上有一堆纸：那是些你不知道里面有什么的文件，然后他们开始审问，问题五花八门，有的真有的假，有的一清二楚有的刁钻狡猾，有的放烟幕有的设陷阱。你回答的时候，那些陌生、邪恶的手指总在翻文件，你不知道里面有什么；陌生、邪恶的手指还在做笔录，而你不知道上面写了什么。

"这些审讯最可怕的地方在于，我永远猜不着算不到盖世太保究竟对我们事务所的事情知道多少，以及他们到底想从我身上得到什么。我刚才跟您提过，我在最后一刻把那些可能包含着对我们不利的证据的文件交给了我叔叔。可是，他收到了没有？那个小职员向他们透露了多少信息？他们从那些被私拆的信件中获得了多少情报？在此期间又从我们代理的那些修道院中的一个行为不慎的神职人员身上榨到了多少情报？他们问了一个又一个问题：我为那些修道院购入了哪些证券？我与哪几家银行有来往？我是否认识某某先生？我是否收到了来自瑞士和斯泰诺克泽尔[1]的信函？因为我永远无法知道他们掌握了多少信息，所以每一次回答都面临着巨大的风险。如果我承认了一些他们不知道的事，就会使其他人陷入困境；如果我总是否认，那就对自己不利。

"但审讯还不是最糟糕的事。最糟的是，在审讯结束后，我要回到自己的虚无之中，回到同一个房间，面对同一张桌子、同一张床、同一个洗脸盆、同一张墙纸。一回到房间，我就开始回想刚才审讯的过程，我在哪些问题上回答得不够好，下次应该怎么回答，以打消之前过于轻率的回答所引起的怀疑。我反思，把所有细节都在脑中过了一遍，仔细回想自己对审讯官所说的每一个字，重构了他对我提的每一个问题以及我的每一个回答，试图猜测他们可能在笔录里记下了什么和没有记下什么，尽管我明白自己永远无法估算，也不可能得知。我大脑里的这些念头一旦在空旷的空间里转动起来，就不会停下来，它会一直旋转，一遍又一遍，每次都变幻出不同的排列组合，跟着我进入梦里——每次盖世太保审讯结束后，我的大脑都会来接班，不断重复这种质问、试探

---

1 斯泰诺克泽尔：比利时城市。

和折磨的痛苦，甚至更加残忍，因为他们的审讯一小时后就结束了，可是我大脑里的审讯不会，这都是孤独惹的祸，它对我的折磨比盖世太保更奸诈。我身边永远只有桌子、橱柜、床、墙纸、窗户，没有什么东西可以转移注意力——没有书，没有报纸，没有其他人的面孔，没有可以写字的笔，没有火柴，什么都没有，没有。

　　"直到这一刻，我才意识到他们像恶魔一样别有用心地构建了这个酒店的房间系统，是为了摧毁我们的心理防线。在集中营里，你可能要搬石头，双手鲜血直流，双脚冻得僵硬，要硬生生地和几十个人挤在一个又臭又冷的地方。可是，你毕竟还能见到人，你可以盯着田地、手推车、一棵树、一颗星星，随便什么都可以；可是在这里，你身边永远是那几样东西，永远都是那几样，单调得可怕。这里没有任何东西可以让我摆脱胡思乱想，以及脑海中那近乎变态的审讯重演——这正是他们的目的——我会被扼杀在自己的思想中，慢慢地喘不过气来，直到最后不得不开口说出他们想听的话，交出那些文件，告发我们的人。渐渐地，我在虚无那可怕的重压下感到自己的神经开始松弛了，而且面临着崩溃的危险，我必须找法子让自己分心。为了让自己有事可做，我试着背诵和重组自己学过的一切，民歌和童谣、高中时学过的《荷马史诗》、背过的民法典，然后我试着做算术，把随意几个数字进行加减乘除。然而，在一片虚空之中，我的记忆根本找不到任何支撑点，我无法专注于任何事情。那几个想法总是飘来飘去：他们掌握了哪些情报？我昨天审讯的时候说了什么？下次审讯又该说什么？

"这种无法用言语形容的状态居然持续了四个月。四个月——这几个字说起来简单！不就是三个字嘛：四——个——月。四分之一秒就能读完：四个月！但是，没人可以向自己或是他人描述、测量、说明，在那样一种无空间无时间的状态中，时间到底过去了多久，也没人可以理解，这虚无——一个人周围的虚无、虚无、虚无，是如何蚕食和摧毁一个人的。永远只有桌子和床，洗脸盆和墙纸，永远只有沉默，只有一个看都不看你就把食物送进来的守卫，只有那些念头，在虚无之中绕着你打转，直到你疯掉。我为一些细微的迹象感到不安，这些迹象表明我的大脑正在变得紊乱。一开始接受审讯的时候，我内心还很清醒，总是回答得冷静又谨慎；我一边想着应该说什么，一边想着不该说什么，这样的双重思考模式此前一直奏效。可是现在，就连最简单的句子我也只能结结巴巴地说出来了，我目光呆滞地看着对面那支在白纸上写着笔录的笔，好像要去追赶我说过的话。我感到自己的力量正在被削弱，感觉那一刻越来越近了——为了拯救自己，我会说出所知道的一切，甚至更多，就为了逃避这种令人窒息的虚无，我会告发几十个人，气也不喘地揭发他们的秘密。一天晚上，守卫偏偏在我最窒息的那一刻送饭过来，我突然在他身后大喊道：'快点儿审讯我！我要把一切都说出来！全说出来！我会告诉你们文件在哪里，钱又在哪里！我会招供的！全部招供！'幸好他当时已经走远了，没听见我说什么。也许他根本没心情听我说了什么。

"在这种极端的困厄中，发生了一件始料未及的事情，使我获得了拯救——起码是一段时间的拯救。那是七月底一个阴暗的雨天：我清楚地记得这个细节，因为雨水当时正敲打着通往审讯室走廊的窗户。我在审讯室的前厅里等候。每次审讯之前都要等很久，这种等待也是审讯技巧的一部分。起初，你在大半夜被牢房里的电话铃声叫醒，神经一下子紧绷起来，并做好了接受审讯和抵抗到底的准备，然而就在这当儿，他们却让你等着。这样的等待看似毫无意义，实际上别有用心——他们让你等一个小时，两个小时，三个小时，直至身体疲惫，精神崩溃。

"我被迫在七月二十七日的这个周四等了特别长的时间，光在前厅就站了整整两个小时。这个日子我记得特别清楚，因为这个前厅里没有坐的地方，我不得不一直站着，面前的墙上挂着一幅日历——我无法对您解释，我当时是多么渴望见到上面印有字的东西——我如饥似渴地盯着日历上的数字‘07.27’，仿佛想把它们吃进脑子里。我等了又等，盯着门看，看它什么时候会打开，同时也在寻思这次审讯官会问我什么问题，我有预感他们会问我一些我完全没准备过的问题。

"尽管站着等待充满了痛苦，可同时也是一种解脱，一种享受。因为这个房间起码与我的那个不同，它更大，有两扇而不是一扇窗户，没有那些我看过几百万次的床和洗脸盆，窗台也不像我房间里的那个一样有裂缝；门涂的是另一种颜色，墙边的扶手椅也和我房间的不同，左边立着一个装着各种档案的文件柜和一个带衣钩的小衣帽架，衣钩上挂着几件湿漉漉的军大衣——那些施虐者的大衣。我可以看点儿新的东西，看点儿不同的东西了，我那快饿死的眼睛终于可以吃点儿别的东西，它狼吞虎咽地吞噬着这房间里的每一个细节。我打量着那些大衣上的每一道皱纹，看到衣领上有颗水珠马上就要滴落下来——您听着可能会觉得很荒唐，可我当时的确激动得像疯子一样——想看看那颗水珠到底是会沿着衣服的皱褶滚落下来呢，还是最终克服了重力继续挂在衣领上——我目不转睛地看着这颗水珠，仿佛它是我最后一根救命稻草。在水珠最终落下来之后，我又去数大衣上有几颗纽扣：这件上衣上有八颗，那件也是八颗，第三件十颗，然后我再比较它们的翻领有什么不同。我的双眼贪婪地触摸、把玩、抚弄着所有这些荒唐无谓的小细节。

"突然，我的目光落在了什么上面。我发现其中一件外套的侧袋有点儿鼓鼓的。我走近一步，从它那四四方方的凸起的形状中已经猜到了口袋里装的是什么：那是一本书！我的双膝开始颤抖：一本书！这四个月来，我碰都没碰过书，光是想象它里面那一行一行的字，一页一页的句子，可以从中读到新鲜的思想，可以让我忘记此时此刻，可以把里面的内容烙印在我的脑海里，我就已经心醉神迷了。我的眼睛仿佛被催眠了一样盯着那本书在口袋上显现出的微微隆起，在那个不起眼的角落里，它仿佛在熊熊燃烧，要把大衣口袋烧出一个洞。最后，我压抑不住自己的好奇心，不由自主地走上前去。光是想想要隔着衣服的面料用手触摸一本书，就让我全身上下都滚烫不已。

"我几乎是无意识地越走越近。幸运的是，守卫当时没太留意我这奇怪的举动；可能他心想，笔直地站了两个小时之后，是个人都会想靠一靠墙。我终于接近了那件大衣，故意把手背在身后，为了能不被他们注意就触摸那件大衣。我摸到了大衣的料子，还有那个四四方方的、可以弯折的、在指尖下沙沙作响的东西——真的是一本书！一本书！这时我脑海里闪过一个念头：偷走它！

或许能成功，那样你就可以把它藏在自己的牢房里，终于可以读点东西了，你可以读啊读，怎么读都可以！这个想法就像毒素一样入侵了我的身体。突然间，我的耳朵开始嗡嗡作响，我的心怦怦直跳，我的手变得冰冷，不再服从我的意志。在这最初的麻木过去之后，我偷偷地朝大衣走近了一点儿，双眼依旧盯着守卫不放，背着的手慢慢地把书从口袋里从下往上推，越推越高。接着，我伸手一抓，轻巧又谨慎地一抽，便把那本薄薄的小书捏在了手里。这时我才被自己的所作所为吓了一跳。可是已经不能回头了。我能把它藏在哪儿呢？我把那本书从后背的衣服底下塞进去，夹在腰带和身体之间，然后慢慢地把它移到一侧的腰臀处。这样，只要我走路的时候像军姿一样把一边的手贴着裤缝，它就不会掉下去了。我先试了一下：我从衣帽架前面退回来，一步、两步、三步，还行。可以在走路的时候把书夹在一侧，只要我用手紧紧地压着腰带就没问题。

"接下来是审讯。这次审讯比之前任何一次都更加煎熬，因为我在回答的时候注意力并没有放在问题上，而是想着不要让书掉落在地上。幸好这次审讯没拖太久，我把书毫发无损地带回了自己的房间——我不想说太多细节占用您的时间，只是，我在从审讯室回房间的途中，有一回把书掉在了走廊正中，我不得不假装一阵猛咳，弯腰把它捡起来，重新塞到腰带下面。我回到了自己地狱般的小房间。终于只有我自己一个人了，可又不再只是我自己一个人，那是多么难以描述的一瞬间啊！

"现在您可能会想，我会马上就把书拿出来，看了又看，然后开始读起来。才不是！我想好好享受那种自己手上有本书可以读的快感，因此故意拖延着不去翻开它，精神高度亢奋，带着快慰幻想着这是本什么样的书：里面肯定密密麻麻地印满了字，书页肯定很薄，这样页数就能多一点儿，我也能读得久一点儿。我希望它是一本能挑战我智力的作品，不是什么肤浅好读的东西，而是某种可以学习、可以深入研读的东西，比如诗歌，而且最好是——我这梦想也太大胆了——歌德的诗歌，甚至是《荷马史诗》。可是最后我还是压抑不住内心的好奇。我躺在床上——这样哪怕守卫突然破门而入，也不会抓到我正在读书——颤抖着把书从腰带下抽了出来。

"看见这本书的第一眼，我是那么失望，甚至愤怒：这本我冒着生命危险偷来的书，这本我充满热望期待着的书，只不过是一本象棋棋局汇编，里面收录了象棋大师们一百五十个对弈的棋局。如果不是窗子上了锁，我会马上愤怒地把这本书扔出去！我要这样一本书做什么呢？那些乱七八糟的棋局对我来说有什么意义？上中学那会儿，我和大多数人一样，无聊的时候会试着走几局。

可是这些理论性的东西对我有什么用呢？没有对手就不能下棋，而且我也没有棋盘和棋子。我闷闷不乐地翻阅着书页，也许是为了找到一些可读的东西，看看有没有入门指导或者规则说明之类的。可是书里全都是那些大师对弈的棋局图，上面写满了我一开始无法理解的符号，什么 a2－a3，f1－g3 之类的。所有这些在我眼里只是一些无法理解的代数。渐渐地，我才明白，字母 a、b、c 一类指的是纵列，数字 1 至 8 指的是横行，用它们可以确定一个棋子在棋盘上的位置；这样的话，纯粹的图解就相当于拥有了一门语言。我有了一个想法，或许，我可以在这间牢房里自制一个棋盘，试着还原书上面的棋局。仿佛是什么神明的暗示一般，我的床单恰好是格子图案的，只要正确折叠，它就能折成一个六十四格的大正方形。我撕下书的第一页，把剩下的藏在床垫下。然后，我开始从每顿分给我的面包中剥下一小点儿留着，以一种可笑的、不完美的方式捏成各种棋子的形状，王啊、后啊之类的；在一番努力之后，我终于能在方格床单上重现那本书上的棋局了。为了更好地区分两方，我用灰尘把一半的棋子染成深色，然后试着用自己做的可笑的棋子把那盘棋从头到尾再下一次。

"一开始的时候，我失败了。最初几天我总是分不清哪步对应哪步，于是被迫一遍又一遍地重复这个游戏，五次、十次、二十次。世上还会有另一个人像我这个虚无的奴隶那样，拥有那么多无用的时间，那么贪婪又耐心地下棋吗？又过了六天，我已经完美地下完了整局；八天后，我甚至不需要依靠面包屑棋子来把棋谱上的位置具象化；再过八天，连那张方格床单都是多余的了，起初书中那些抽象的符号如 a1、a2、c7、c8 现在会自动地在我的大脑中变成可以看见的立体的位置。这种转换可以说大获成功，我把棋盘和棋子投射进自己的内心，只需要一个代码就能看到它们的位置，正如一个熟练的音乐家光看乐谱就足以听到所有的声音和它们的和声。又过了两周，我已经轻松地把书中的每个棋谱都铭记于心——用行话来说就是，我会下盲棋了。

"直到现在，我才明白，当时那无耻的偷书行为为我带来了多么巨大的好处。因为，突然间，我就有了一个活计——您可以说我所做的都是毫无意义的事，可正是它摧毁了我身边的虚无；通过那一百五十个棋局，我赢得了对抗单调时空的最有力的武器。为了保证这件事的魅力不减，我开始将一天的对局精确地进行划分：上午两场，下午两场，然后晚上快速地重复一次本日的几个棋局。之前我的一天像是明胶一样漫无边际地延伸着，此刻却变得无比充实。我忙得不亦乐乎，因为下棋有一个绝妙的好处，就是能把精神的能量放逐到一个狭窄的领域，哪怕经历了最激烈的思考，大脑也不会因此松懈，反而提高了它的灵敏度和柔韧性。一开始，我只会机械地还原大师的棋局，后来慢慢地理解了下棋的艺术与无限的乐趣。棋局里的攻防隐藏着的微妙、陷阱和锋芒，我都领会到了；我掌握了超前思考、组合与反击的技巧，并且认清了每位大师在下棋时独一无二的个人风格，正如人们光靠几个词就能准确辨认出一位诗人的作品那样；一开始只是用来打发时间的活儿现在变成了一种享受，阿廖欣、拉斯克、波戈留波夫、塔塔科维等伟大的国际象棋战略家，打破了我的孤寂，成了我的朋友。

"棋局的变幻莫测使得我那死寂的牢狱充满了勃勃生机，正是不断地有规律地演练棋局让我重拾当初那坚定不移的思维能力：我觉得自己的大脑焕然一新，甚至可以说，被不断的思维训练打磨得更完美了。在审讯中，我发现自己的思路越来越清晰、简练——我在对弈的时候就要应对各种各样的佯攻和偷袭，这在不知不觉中磨炼了我。自那以后，我在审讯中不再手足无措了。我甚至觉得，连盖世太保的人都开始佩服我；或者他们私下都在疑惑，别人都已经被逼到崩溃了，我到底是从什么地方汲取了力量，能这样坚定不移地对抗他们。

"我日复一日地演练那本书中的一百五十个棋局，这段幸运的时光持续了大约两个半月到三个月。然后我出乎意料地陷入了僵局。突然之间，我又面对着那片虚无了。因为无论是什么棋局，只要摆上二三十次，就失去了一开始的那种令人惊喜的魅力，不再刺激，也不再吸引人了。毕竟，一次又一次地重复摆一个我早就烂熟于心的棋局，有什么意思呢？我只要一摆开棋局，下面的流程就自动地在我脑海中展开，没有任何惊喜、任何刺激、任何困局。为了让我自己有事可做，为了继续锻炼自己的大脑，不要整天想着审讯的事，我需要一本新书。可这是完全不可能的。于是我知道了，在这条迷途上只剩另一条路可走：我必须自己构想新的棋局，我必须试着自己下棋，甚至饰演自己的对手。

"分角色演绎这场游戏的人[1]，他会处在一种什么样的精神状态中呢？不知道您对此有何看法。不过只要想一想就能明白，在国际象棋这样一种排斥偶然性、高度纯粹的心理战中，要与自己对战，从逻辑上看就是个谬论。象棋唯一吸引人的地方就在于两个玩家脑中存在着不同的战略，在这场智力战争中，黑方不知道白方的招数，只能不断猜测和阻挠它们，而白方反过来又试图猜测黑方的秘密

---

1 分角色演绎这场游戏的人：这里是一个文字游戏。正如英语中的 play，德语中的 Spiel（玩游戏、下棋）一词同时还有"演戏"的意思。原文中用了 Spiel der Spiele 一词，可译为"戏中戏""游戏的游戏"或者是"演绎一场游戏"。

意图并进行招架。如果黑子和白子都是同一个人下，就会出现相当荒谬的局面——因为同一个大脑在知道一件事的同时又要不知道它——当你下白子的时候，要命令自己完全忘记一分钟前自己下黑子的时候有什么战略。这样的双重思想游戏要求意识一分为二，要能随意地激活和屏蔽大脑中某部分的功能，正如操纵机械那样；要在棋盘上和自己对弈，就好比要从自己的影子上跳过去。

"简而言之，尽管我知道这种做法很荒唐，可还是绝望地尝试了几个月。除了这个荒谬的做法我没有别的选择，因为我不能再次陷入纯粹的疯狂或者精神萎靡中了。这可怕的处境逼迫我把自己分裂成'下黑子的我'和'下白子的我'，只有这样才不会重新落入我身边那可怖的虚无。"

B博士靠在躺椅上，有一分钟闭上了眼睛，仿佛试图强行扼杀脑海里那段让人不安的记忆。他的左嘴角又一次不受控制地、奇怪地抽搐起来。然后他在躺椅里直起了身子。

"事情就是这样——希望到目前为止，我向您讲述的一切都还算清楚明白。不幸的是，我不确定自己能否以同样清晰的方式向您讲述接下来的事情。这种全新的脑力劳动需要我的大脑无条件地高速运转，以至于不可能再进行自我调控。方才我跟您提过，在我看来，与自己下棋本身就是无稽之谈；但即便是这种荒谬的事情，在真正的棋盘上依然有非常渺茫的机会可以实现，因为棋盘本身作为一种物质，能让两个棋手保持着一定的距离，它把这种距离通过物质外化了。如果是在一个真正的棋盘上用真正的棋子下棋，你可以停下来思考，时而坐在这边，时而坐在那边，时而采取黑子的立场，时而从白子的角度纵览全局。

"可是，我当时的情况是被迫把这场自己和自己的对弈投射在一个想象的空间里，我不得不把六十四格棋盘清楚地刻印在自己的意识里。同时，我不仅仅要记住现有的黑子和白子在棋盘上的位置，还要从双方的角度估算和预测对方进一步的行动，也就是说——我知道这听起来很荒唐——我要调动两倍、三倍，不，六倍、八倍、十二倍的想象力，同时为下黑子的我和下白子的我预测对方将要走的四五着棋。我必须——很抱歉，逼您一起思考这个荒唐的游戏——在这个通过想象构建的虚拟空间中，同时为黑方和白方预测对方未来四五步的行动。也就是说，在某种程度上，我要把局势发展中有可能出现的情况分别用两个不同的大脑预测出来——一边是下白子的大脑，另一边是下黑子的大脑。然而，哪怕是这种自我分裂，也不是我那深奥的试验中最危险的事情，最危险的反而是我在思考整盘棋的时候突然双脚一滑掉进了深渊。

"我前几周的演练只是一种对历代象棋大师的模仿再

现，说到底只是一种再生产，是对现成物料的概括重述而已，根本不比背诵诗歌或者法律条文更费力。这是一场有限度、有纪律的活动，所以是一种绝佳的心理锻炼。我早上排练的两局棋和下午排练的两局棋，就像我不慌不忙完成的一份定额工作；它们是为了让我有事可做，而且，如果下错了棋或者不知道下一步怎么走，起码还有那本书可以做支撑。这就是为什么这项活动对我那动摇不定的神经来说如此治愈、平和的原因。重玩别人的棋局对我来说并不是参战，不管下黑子还是白子，我都不在乎，因为争冠军的只是阿廖欣和波戈留波夫；而我，我的思想和灵魂，只是一个旁观者，一个站着享受比赛的跌宕起伏和美妙之处的鉴赏家。然而，从我尝试与自己对战的那一刻起，我就不知不觉地开始挑战自己了。两个我，下黑子的我和下白子的我，不得不互相竞争，每一方都雄心勃勃，不耐烦，想要赢。每次下黑子时我都要冥思苦想，白子会有什么行动。每次一方走错一步，两个我中的另一个都会振臂欢呼，同时走错的那一方又会为自己的笨拙感到恼火。

"这一切看似毫无意义，其实，这种人为制造的精神分裂症，这种意识的一分为二潜藏着过激的危险，在个普通人的正常状态下根本不可想象。但请您不要忘记，我是一个被粗暴地驱逐出正常状态的人，一个囚徒——

无辜被困，几个月来受尽孤独的折磨，早就想发泄内心积蓄的怒火。而现在除了与自己对弈，我什么也做不了，于是把内心的怒火与复仇的渴望统统狂热地倾注到这场游戏之中。我体内有什么东西想要坚持自己是对的，而那里面除了另一个我以外别无他物，我只能与之作战；因此我在一局又一局的比赛中几乎到了一种疯魔的兴奋状态。

"一开始我还冷静从容，会认真思考每一步，在每场比赛的间隙设置一些中场休息时间，以便让自己从筋疲力尽中恢复过来；但渐渐地，我那被激怒的神经就不再由着我等待了。白方的我刚刚走了一着，黑方的我就马上横冲直撞起来；一场游戏刚结束，我就急忙进入下一场，因为两个我当中总有一个在刚才的那轮比赛中败北，因此迫不及待地要复仇。这种贪得无厌简直到达了疯狂的程度，以至于我无法准确说出自己过去的那几个月在牢房里和自己对弈了多少局——可能有一千局，甚至更多。这是一种我无法抗拒的瘾。从早到晚，我心里只想着象、兵、车、王，想着 a、b、c，想着'将死了'以及王、车易位，我的全部存在和感觉都把我推进了那个方格形的棋盘。

"一开始下棋只是为了乐趣，后来变成了一种热望，最终演变成一种强迫症，一种毒瘾，一种癫狂的愤怒。

这种愤怒不仅贯穿了我清醒的时间，还渗透到了我的梦中。我从此只能思考与象棋有关的东西，只能做出下棋的动作，只能解决象棋相关的问题；有时惊醒的时候，我的额头湿漉漉的，这才发现自己就连在梦中也在不知不觉地继续下棋，我梦中的人只能做出属于棋子的动作，比如像象和车那样运动，或者像马一样跳前跳后。甚至在被传讯时，我也不再能简明扼要地思考自己肩负着哪些责任；我觉得，在那最后几次审讯中，我说的话肯定乱七八糟、毫无头绪，因为审讯者们听了我的供词后时不时会惊愕地面面相觑。实际上，在他们询问和商讨的时候，我等得非常不耐烦，一心只想着回到牢房里继续我的棋局——我那疯狂的棋局，一个又一个的新棋局。每次他们来打扰我，都让我感到心烦；即便是看守来打扫房间的那一刻钟，或者是给我送饭的两分钟，对狂躁和不耐烦的我来说都是一种折磨；有时到了晚上，我碗里的饭还没有动过——我一直在下棋，忘了还要吃东西。我的身体唯一能感觉到的就是极度的口渴。一定是因为我像发着高烧一样不断思考和下棋，我两口就把配送的水喝完了，烦着守卫给我再拿一瓶来，但下一秒，我的舌头又发干了。

　　"最终，我玩得越来越兴奋，从早到晚除了下棋什么也做不了——我一刻也没法静静地坐着。我一边想着怎么下棋，一边在房间里踱来踱去，越来越快、越来越快；不停地踱来踱去，越来越燥热，特别是快到决胜阶段的时候。对胜利的贪婪和战胜另一个自己的渴望逐渐变成了一种愤怒，我因为不耐烦而浑身战栗，因为其中一个我下棋总是比另一个慢半拍。一个自己催促着另一个自己；可能您会觉得很荒唐可笑，可是慢慢地我真的开始自己咒骂自己——'快点，快点！'或者'前进，前进啊！'——要是我体内的其中一个我没有及时对另一个我做出反击，我就会处于这样一种状态。当然，今时今日我很清楚，自己当时的状态已经接近一种精神过激的病态反应，除了从医学角度来看还不为人知的一个名称外，我找不到其他名称来描述它：棋毒。最终，这种偏执的毒瘾不仅开始攻击我的大脑，也开始攻击我的身体。我瘦了，睡不安稳，每次醒来都特别困难，好不容易才能撑开铅一样重的眼皮；有时感觉特别虚弱，要竭尽全力才能把一个水杯送到唇边，双手一直抖个不停。然而，只要比赛一开始，某股狂野的力量就会彻底压倒我。我紧握着拳头走来走去，好像透过一层血雾听到了自己的回音，听到另一个我在嘶哑又恶毒地自言自语'将军'或者'将死了'。

"我自己都说不清楚这种可怕的、难以言喻的状况是如何一步一步演变成危机的。我所知道的只是，有一天早上醒来的时候，我感觉和往常完全不同，我发现自己的身体和意识分离了，我正柔软而舒适地躺在那儿休息。一种几个月来都没有意识到的深深的疲惫压在我的眼皮上，如此温暖、如此仁慈，以至于我完全失去了睁开眼睛的决心。有几分钟我已经醒了，却依然享受着这种沉重的钝感，这种温柔地麻痹五官的慵懒的沉睡。突然，我觉得自己听到身后有人在说话，是活人的声音，他们真的在说话！您无法想象我当时有多么心醉神迷，因为我已经好几个月，几乎整整一年没听过真正的人声了，这期间我只能听到审讯官那严厉又恶毒的声音。'你是在做梦呢，'我自言自语道，'你在做梦！千万不要睁开眼睛！就让这个梦再做得久一点儿吧，否则一睁开眼就要看到那个该死的牢房，看到那些椅子、洗脸盆、桌子和花纹永恒不变的墙纸了。既然是在做梦——那就继续做吧！'

"可是好奇心占了上风。我缓慢又小心地睁开双眼。这是奇迹吗：我见到的不是那间酒店的牢房，而是一间更宽敞明亮的房间。窗户没有铁栅栏，光线自由地洒落进来，外面也不是那堵高墙，而是翠绿的树木在风中摇曳，墙壁洁白又光滑，天花板很高——真的，就连我躺着的那张床都是新的、从未见过的，这不是梦，我听到身后传来别人说话的声音。我一定是在极度惊讶中下意识地动了一下，因为我听见后面有脚步声在靠近。一个女人轻柔地走上前来——一个头上戴着白帽子的女人——是一个护理员，或者说，一名护士。一阵喜悦袭上心头：我已经快一年没见过女人了。我盯着那可爱的身影，一定是一副欣喜若狂的模样，因为那个朝我走来的女人急忙对我说道：'冷静！请您保持冷静！'可我只是一味倾听着她说话的声音——那真的是一个在说话的人吗？世界上真的还会有人不审问我，也不折磨我吗？最重要的是——真是个难以置信的奇迹——这个女人对我说话的时候是那么柔和、温暖、近乎深情。我贪婪地盯着她说话的嘴巴看，因为在这地狱般的一年里，要想象一个人友好地对另一个人说话几乎是不可能的。她对我微微一笑——没错，真的笑了，世界上居然还有人会这样温柔地微笑——再把手指放在唇边，示意我不要出声，然后轻声离开了。可我不能服从她的命令，这样的奇迹我还没看够。我强行从床上爬起来，看着她离去的身影，看着这个好心肠的、人类世界的奇迹。然而我没法在床边把身体支起来。我的右手从手指到腕关节都绑着一样奇怪的东西，那是一块又大又厚的垫布，看起来是一副大绷带。一开始，我只是惊讶地、无法理解地看着手上这白色的、厚厚的、奇怪的东西，然后我慢慢地理解了自己是在哪儿，理解了自己发生了什么事——我一定是受伤了，伤到了自己的手。我在医院。

"中午来找我的医生是一位慈眉善目的老先生。他知道我家族的姓氏，还提到了我的御医叔叔，语气中充满了尊敬，我马上就意识到他是个好人。他问了我各种各样的问题，其中一个着实让我吃惊——他问我是不是数学家或者化学家。我说不是。

"'那就怪了，'他低声喃喃道，'您发烧的时候，总是尖叫着奇怪的公式，什么c_3、c_4，我们听了简直不知所云。'

"我问我到底发生了什么事。他只是意味深长地笑了笑。

"'不是什么大病，是一次急性精神错乱。'他先是小心地环顾了一下周围，然后接着说，'您会这样也是难免的。是从三月十三日开始的吗？'

"我点点头。

"'他们用了那种手段，您会出事也是正常的，'他低声说，'不过别担心，您不是第一个这样的人。'

"从他安慰我的方式，还有他那温和友善的语气中，我感觉到和他在一起是安全的。

"两天后，这位好心的医生坦率地向我解释了发生的事情。那天，守卫听见我在牢房里大声呼喊，以为我是在和什么破门而入的人争斗。可他一打开门，我就朝他冲过去，声嘶力竭地大喊着什么，比如'快下啊，你这个混账，胆小鬼！'，然后一把卡住守卫的喉咙，那么狂暴，那么用力，以至于他不得不大声呼救。陷入疯狂的我被人拖去做身体检查，然而在走廊上突然挣脱开来，猛地朝窗户撞去，把窗玻璃撞得粉碎，并割伤了自己的手——现在还能看到上面有几道深深的疤痕。头几天晚上我都是在高烧中度过的，直到那时他才觉得我恢复了神志。'当然，'医生平静地补充道，'我没有向上头汇报这个情况，否则他们会把您带回那个地方。您可以信任我，我会竭尽所能帮您的。'

"我不知道这位乐于助人的医生向那些折磨我的审讯官报告了什么。无论如何，他兑现了自己诺言：我终于被释放了。可能他当时跟上头报告说我疯了，或者我目前对盖世太保来说没有利用价值了，因为希特勒已经占领了波希米亚，奥地利的事已经告一段落。我当时只需要签一份协议，承诺会在十四天内离开我的祖国。这十四天里我经历了千百种繁文缛节，今时今日看来都是一位当时的世界公民出境时所必需的——军方证明、警署声明、缴税、护照、签证、健康证——我完全没有时间思考过去。显然，我们的大脑中存在着一种神秘的调节机制，它会自动关闭对灵魂造成负担或者意味着危险的东西，因为每次我想回顾自己的牢狱岁月时，脑子里的光线突然就熄灭了；直到好几周过去之后，也就是在这艘船上，我才有勇气重新思考自己当时发生了什么事。

"您现在明白了，为什么我之前在您和您的朋友面前表现得那么失礼，难以理喻。在机缘巧合之下，我在吸烟室闲逛时看到你们坐在棋盘前，我感到自己的脚一下子动不了了，我是那么震惊又恐惧，仿佛脚在地板上扎了根一样。因为我完全忘记了人可以在真正的棋盘上用真正的棋子下棋，忘记了这个游戏中坐在彼此对面的是两个完全不同的人。我真的花了几分钟才想起来，眼前这几个棋手所玩的，正是我那几个月里无助地自我厮杀的游戏。在那可怕的封闭期间，我在脑海中调动的符号只是面前这些象牙棋子的替代品，只是一种象征。令我震惊的是，棋盘上那些棋子的移动和我在大脑中所幻想出来的一模一样，我此时的感受好比一个天文学家，用最复杂的方法在图纸上计算出了一颗新星球的存在，现在却在现实的天空中看到了它——一颗洁白、纯净、由物质组成的星球。我好像被磁力牵引着一样盯住棋盘，在上面看到了我的棋子，只是这回马、车、王、后等棋子都是真实存在的、象牙雕刻的东西。为了理解这盘棋，我不得不先把自己脑中抽象的棋盘世界，变回一块石子一样的棋子在上面移动的木板。慢慢地，我开始满怀好奇地观看这样一场两个真人之间的比赛。然后尴尬的事情发生了，我忘记了应有的礼仪，掺和进了你们的游戏。

可是您朋友所走的那些错棋真的让我心如刀绞，我纯粹出于本能阻止了他，那是一种下意识的冲动，就像一个人不假思索地拉住一个靠在栏杆上的孩子一样。后来我才明白自己的莽撞是多么失礼。"

我连忙向B博士保证说，我们不知有多高兴能通过这个偶然的机会认识他，而且在听说他的故事之后，我对他明天在这场即兴的比赛中的表现越发好奇了。B博士做了一个不安的手势：

"不，真的不要对我抱太高的期待。这对我来说应该只是一个测试……测试我能不能……能不能正常地下棋，能不能在真正的棋盘上和一位真人对弈……因为我现在越来越怀疑，自己所下的那几千盘棋能不能算是真正的象棋，还是说只是一种梦幻的象棋，一种头脑发热的象棋，一种在发高烧时玩的游戏——正如在梦中那样，我的对局往往也跳过了中间的过程。我希望您不要指望我可以战胜一位象棋高手，更不用说世界冠军了。唯一使我感兴趣、暗暗地吸引我的，只是一种事后的好奇心：我想知道当时在牢房里玩的游戏是不是能称为下棋，还是说已经濒于癫狂；我想知道自己当时是不是正面临着万丈深渊，抑或已经跨过了这道深渊——这是我参赛的唯一目的。"

就在这时，船尾响起了吃晚饭的锣声。我们肯定已经聊了——B博士对我的讲述比我在这里的总结还要详细得多——差不多两个小时。我热情地向他道谢并告辞。但在走下甲板之前，他又紧张不已、结结巴巴地赶过来跟我说：

"还有一件事！请您事先告诉其他先生，免得我事后显得无礼：我只下一局……这次的对弈只是为了把我心里的旧账一笔勾销，是为了给我过去的人生画上一个终止符，而不是重蹈覆辙……我不想再一次陷入那种狂热的棋瘾，一想起这件事我就害怕……而且……而且医生警告过我……明确地警告过我：只要上瘾一次，就永远存在复发的危险，一个——哪怕是已经康复的——中了棋毒的人，最好这辈子都不要再靠近棋盘……您明白的——我这次只试一局，不会再多了。"

翌日下午三点，我们准时于约定的时间在吸烟室集合。在观战的人中，多了两个这种皇家游戏的爱好者，那是两名船员，他们特意请了假，以便能够观看比赛。就连琴托维奇也没有像前一天那样姗姗来迟。在规定的选子流程结束后，这场令人难忘的、无名小卒与世界冠军的对弈开始了。遗憾的是，在场的只有我们这些理解无能的外行观众，因此整场对弈的过程无法被载入史册，它就像贝多芬的即兴乐曲一样散佚了。对弈结束后的那几天，无论我们如何努力地从记忆中重构这次对弈，都无济于事——可能是因为我们太过热情地关注棋手，而没有关注比赛的进展本身。

随着比赛的进行，两位棋手的风格对比越来越明显，从他们的身体语言中就能看出来。琴托维奇下得非常老练，在整个对弈过程中就像木头一样一动不动，低垂着头，双眼盯着棋盘不放；思考对他来说好像极其吃力，这迫使他的五官都高度专注起来。而 B 博士呢，下得自在、从容。他是一个真正意义上的外行，却又正如这个美好的词所传达的那样，他只当这次比赛是游戏，享受着其中的乐趣。他全身放松，中场休息时还和我们有说有笑，悠然自得地抽着烟，只在轮到他的那一分钟才正视前方的棋盘。他给人一种印象——他好像早就预料到了对方的下一着。

例行的开局几步很快就完结了。从第七、第八步棋起，双方的战略才开始显山露水，琴托维奇思考每一着的时间越来越长。我们感到，为了赢得上风而进行的战斗现在要开始了。不过说实话，棋局的发展，正如任何锦标赛中的真枪实战一样，对我们这些外行来说是相当令人失望的。因为棋子的分布越是像纹饰一样眼花缭乱，我们就越是搞不清目前的战局。我们既看不清一方的意图，也摸不透另一方的策略，更吃不准目前谁占优势。我们只注意到棋子像杠杆一样向前推,炸开敌方的前线,但我们无法——因为这些顶级棋手的每一着总是预先和后面的几着组合起来——从他们的攻防中看清每一方的战略。

此外,比赛开始慢得让人疲惫起来,主要是因为琴托维奇思考的时间太长了,简直无休无止,这明显开始惹怒我们的朋友。我警觉地发现,比赛拖得越久,他就越是不安地在扶手椅上动来动去,时而因为紧张而一根接一根地抽烟,时而伸手拿笔写点儿什么,然后他点了一瓶矿泉水,一杯又一杯地喝。很明显,他组织棋局的速度比琴托维奇快了一百倍,每当后者深思熟虑之后终于把手伸出来移动了一个棋子时,我们的朋友就莞尔一笑,仿佛看到了自己早就预计到的一步,马上动手还击。他那高速运转的大脑肯定早就算好了对手所有可能的策略;琴托维奇越是犹豫,他就越是焦躁不安,等待时他的双唇紧紧地抿在一起,显露出愤怒甚至充满敌意的神色。可是琴托维奇没有因此着急。他不动声色地思考着,棋盘卜剩下的棋子越少,他思考的时间就越长。

比赛已经进行了两小时四十五分钟,走到了第四十二步,我们此时几乎是无精打采地瘫坐在桌边,疲惫不堪。观战的一个船员已经离开了,另一个正在看书,每次下完一着他就抬起头来瞄一眼。可是,突然之间,琴托维奇下了意料不到的一着。B博士注意到琴托维奇伸手拿起了一只马，打算把它向前移；这时，他像猫一样躬起身子，整个身体开始剧烈地颤抖。琴托维奇把马放上棋盘的一瞬间，B博士立即进后，接着大声宣告了自己的胜利："好了！这下您完了！"说罢便在椅子上往后一躺，双手交叉在胸前，用挑衅的目光注视着琴托维奇。后者的眼中突然闪过一道炽热的亮光。

我们不由自主地向棋盘凑过头去，看看这定胜负的一着。乍一看，这一步并没有什么威胁，我们的朋友所说的肯定是未来的一步，那是我们这些目光短浅的业余棋手计算不了的。琴托维奇是在场唯一一个听了B博士的话不为所动的人。他还是那么淡定地坐着，仿佛完全无视那句颇具侮辱性的"您完了"。什么事也没发生。我们不由自主地屏住了呼吸，只能听到放在桌子上限定每一局思考时间的时钟在嘀嗒作响。三分钟、七分钟、八分钟——琴托维奇一动不动地坐在那里，在我看来，他内心是那么煎熬，以至于他本就不小的鼻孔张得更大了。这种无声的等待，无论对我们还是对我们的朋友来说，都一样难以忍受。

突然，我们的朋友站起身来，开始在吸烟室里踱来踱去，先是慢慢地，然后越来越快。我们有些诧异地看着他，但没有人比我更担心。因为我突然发现，他来来回回的脚步虽然激烈，却始终只限于同一块空间，仿佛他在空荡荡的房间中间遇到了一道无形的屏障，迫使他不得不在屏障前转身。我不寒而栗，意识到他现在是在还原以前那间牢房的尺寸；他在被监禁的那几个月里一定就像现在这样踱来踱去，仿佛一头困兽，绞着双手，拱着肩膀；他肯定这样走了不下一千回，在他那呆滞又灼热的目光里闪烁着疯狂的红光。不过他此时肯定神志清醒，因为他时不时不耐烦地朝棋盘看一眼，看看琴托维奇是否已经决定下一着怎么走了。九分钟、十分钟过去了。这时发生了一件没有人料到的事。琴托维奇慢慢举起了先前搭在桌子上的一动不动的手。我们激动地看他会怎么走。可是琴托维奇没有动棋子，只是手背一转，果断地把棋盘上的棋子缓缓扫到一边。下一刻我们才明白：他投降了。他放弃了比赛，以免在我们面前被将死得太明显。

不可思议的事情发生了：一位世界冠军，无数场锦标赛的冠军，居然对一个二十年甚至二十五年没动过棋子的陌生人举了白旗。我们的朋友，一个无名小卒，一个身份不明的神秘人，居然在一场公开对弈中战胜了世界上最强的象棋棋手！

我们不自觉地一个接一个兴奋地站起身来。我们都觉得要说点什么或者做点什么，来排解心中那快乐又惶恐的感觉。唯一坐着不动的就是琴托维奇。过了好一会儿，他才抬起头，用冷酷的眼神盯着我们的朋友。

"再来一局？"他问。

"当然。"B博士回答说。我还没来得及提醒他之前决意只下一盘的事，他就坐了下来，狂热又匆忙地重新排好棋子。那兴奋的神态让我非常不安。他激动地把棋子排在一起，手指颤抖个不停，甚至让一只兵棋两次掉落在地。面对他这种不自然的兴奋状态，我一开始只是觉得尴尬而不适，现在却慢慢地萌生了一种恐惧。因为，一个此前还那么沉着冷静的人，现在明显地开始亢奋起来——他的嘴角抽搐得比以往更频繁，身体好像发着高烧一样颤抖不已。

"不能再下了！"我低声对他说，"现在不能再下了！今天就下这一盘吧！这样下去您会累坏的。"

"我会累坏！哈哈！"他恶毒地哈哈大笑起来，"要不是一直跟你们磨蹭，刚才那场比赛的时间都够我下十七盘棋了。慢吞吞地下棋才会让我累坏，因为我得努力让自己不睡过去呀！好了！快开始吧！"

他最后这句话是对琴托维奇说的，粗暴得近乎粗鲁。后者只是冷静又凝重地看着他，冰冷的眼神像是一个握紧的拳头。突然间，两个棋手之间的关系变得有点儿不一样了，他们之间的气氛变得非常紧张、危险，充满恨意。此时在对弈的不再是两个只想玩一玩的伙伴，而是两个彼此敌对、发誓要消灭对方的仇家。

琴托维奇犹豫了很久才迈出第一步，我清楚地感觉到他是故意思考这么久的。显然，琴托维奇是位训练有素的战略家，他发现了自己如果下得慢的话会激怒 B 博士，耗尽他的精力。于是他故意犹豫了四分多钟才摆出一个最普通、最简单的开局，也就是把两个兵向前挪两格。我们的朋友马上派出王前面的那个兵去迎战，可是琴托维奇又一次停下来思考个没完，简直让人忍无可忍。此情此景就像闪电落下之后，你心跳不已地等待着雷声，可它却久久不来。琴托维奇一动不动。他静静地、缓慢地思考着，我越来越确信他是在怀着某种恶意让别人等他；然而这正好给了我仔细观察 B 博士的机会。他刚刚给自己倒了第三杯水；我不由自主地想起他对我说的事，说是在牢房里经常感到口渴难耐。他已经很明显地表现出一种不正常的亢奋状态：我看到，他额头上大汗淋漓，手上的疤痕比以前更鲜红，更锐利。可他还是控制住了自己。直到琴托维奇在久久思考第四步的时候，他才失去了冷静，对他大吼一声："您倒是继续走啊！"

琴托维奇冷冷地抬起头来："我记得，我们之前约好的是，有十分钟考虑每一步该怎么走。我原则上不会浪费这十分钟时间。"

B 博士咬了咬嘴唇。我注意到他的鞋底在越来越烦躁不安地跺着桌下的地板，可能他自己也感觉到身体里有什么疯狂的东西在蠢蠢欲动，并因为这种预感而更加压抑和焦虑。事实上，在走第八步的时候，又有事发生了。B博士等得越来越不耐烦，再也控制不住内心的焦躁，于是他开始坐在椅子上摇来摇去，还不停地用指关节敲击桌面。这回是琴托维奇抬起了他那笨重的农民的头颅：

"您消停一下可以吗？这样会打扰我下棋的。"

"哈哈！"B博士短促地笑了一声，"看得出来。"

琴托维奇满脸涨得通红。"您这是什么意思？"他尖刻而愤怒地问道。

B博士又笑了一声，充满了恶意："没什么意思。能看得出您现在很紧张呢。"

琴托维奇不予置评，只是低下了头。他七分钟后才下了自己那着棋，比赛就以这种慢得要命的速度一拖再拖。琴托维奇看起来越来越像一块石头了；到最后，他总是用完规定的最长思考时间之后才走棋，而我们的朋友的行为举止一点一点地变得越发古怪了。他似乎对棋局不再感兴趣了，而是忙着做别的事情。他时而烦躁不安地走来走去，时而一动不动地坐在椅子上，用一种呆滞的、几乎疯癫的目光看着眼前的虚空，不停地自言自语，口中念念有词；他要么是在棋盘那无穷无尽的排列组合中迷失了，要么就是——我内心在暗暗怀疑——在脑海中构想着其他的对弈，因为每次琴托维奇走棋之后，人们都要提醒走神的B博士回到眼前的棋局上来。然后，他需要花几分钟的时间才能想好下一着怎么走。我开始怀疑，他那疯狂而冰冷的大脑早就把我们和琴托维奇忘得一干二净了，这种疯狂很可能会激烈地爆发出来。果然，在走到第十九步的时候，危机爆发了。琴托维奇还没移动他的棋子，B博士就把他的一个象向前移了三格，连看都没看棋盘一眼，接着他大吼一声，把在座的我们都吓坏了。

"将军！将您的王！"

我们马上望向棋盘，以为他走了神乎其神的一着。可是一分钟后发生了一件我们都没有料到的事：琴托维奇慢慢抬起头来，一个一个地——他还是第一次这么做——扫视着我们。他好像无比享受眼前的这一刻，因为他的嘴角慢慢浮现出一个满意又嘲讽的冷笑。只是在彻底享受了这个我们不明所以的胜利之后，他才假惺惺地询问在座的人："不好意思——我可没看到我的王被将军了。在座的哪位先生看到它被将了吗？"

我们看了看棋局，又忐忑不安地看了看B博士。的确，琴托维奇的王安然无恙——就连小孩子都看得出来，现在有一个兵护住了他的王，B博士的象不可能对其进行将军。人群中出现了一阵骚动。是不是我们的朋友刚才太激动，把一个棋子推到了旁边，推远了一格或是近了一格？这时，B博士才因为我们的沉默而意识到了什么，他盯着棋盘，开始激动地、结结巴巴地说道：

"可是王在 f7 啊……它的位置不对，完全不对。您刚才下错棋了！这个局不对……兵刚才明明在 g5 而不是 g4……不，这个棋局不是我们之前下的那个……这是……"

他突然住口不说了。我猛地抓住他的手臂——或者更确切地说，紧紧地捏了一下他的手臂，以至于他在狂热的迷茫中也不得不感受到了我的抓握。他转过身来，像个梦游者一样盯着我：

"您……您想干什么？"

我只说了一句"别忘了[1]"，同时用手指抚过他手上的疤痕。他的眼睛下意识地跟着我的动作，呆滞地看着那条红色的血瘀。这时他颤抖起来，全身上下传过一阵寒战。

"看在上帝的分上，"他苍白的嘴唇低声喃喃，"我是不是说了或做了什么傻事……我是不是又……"

"没有，"我轻声说，"不过您必须马上中断比赛，已经够了。别忘了医生对您说过的话！"

B博士一下子站起身来。"我为自己方才犯下的愚蠢错误致歉，"他用先前那种彬彬有礼的声音说，一边朝琴

---

1 原文为英文。

托维奇鞠了一躬，"我刚才所说的话自然是无稽之谈。这局是您赢了。"然后，他朝我们转过身来："我也要向诸位请求原谅。不过先前我就提醒过了，请不要对我抱太高期望。很抱歉，给各位丢脸了——以后我再也不会碰象棋一下。"

他又鞠了一躬，然后转身离开了，就和他第一次出现时一样谦逊而神秘。只有我知道为什么这个人再也不会碰棋盘了，其他人则多少有点儿迷茫地待着，心里惴惴不安，好像刚刚侥幸躲过了什么危险的、让人不快的事情。"真他妈是个蠢货！"麦康纳大失所望地嘀咕道。最后一个从椅子上站起来的是琴托维奇，他望了一眼面前那盘残局。

"可惜，"他高傲地抛下一句，"刚才那次进攻并不差。作为一个外行人，这位先生确实算得上天赋异禀。"

日内瓦湖畔插曲

1918 年的一个夏夜，在日内瓦湖畔靠近瑞士小镇维勒讷沃的地方，一个渔夫刚把渔船划进湖里，便察觉到湖心水面上有个可疑的东西。近看他才发现那是一只用木头松散地捆起来的木筏，一个赤身裸体的男人正坐在上面，用一块长木板当桨，笨拙地往前划。

渔夫大吃一惊，驶近了一点儿，把那个精疲力竭的男人接到船上来，给他披上渔网凑合着当衣服，然后尝试和这个冷得牙齿打战、蜷缩在小船一角的人交流；可他回答时说的是一种陌生的语言，和渔夫自己的语言没有半点相似之处。不久，这名乐于助人的渔夫只好放弃和他交谈的努力，收起渔网，加快速度向湖岸划去。

随着湖岸的灯光越来越近，那个一丝不挂的男人的脸也慢慢变得清晰可见，他宽大的嘴边胡子丛生，此刻露出了孩子般的笑容。他举起一只手，指着湖对面，疑惑却又几乎确定地嘟囔着一个听起来像"罗斯亚"的词，随着船靠岸，他的声音也越加欢快。终于，他们靠岸了，渔夫家的女眷们见到他拖回来一团湿湿的东西，还以为是打鱼的收获，然而她们一发现那个裹在网里的裸男，便马上尖叫着四下逃跑，好像瑙西卡[1]和侍女见到了裸体的奥德修斯。

后来，被这个不寻常的消息所吸引，村里的男人都围拢过来，其中包括当地政府的差役[2]。他平日竭诚待人、尽忠职守、英勇无畏，根据上头的某些指示和战时的丰富经验，他马上就确定此人是个逃兵，是从日内瓦湖隶属于法国的湖岸那边过来的，于是做好了要对其进行官方传讯的准备。然而，此一烦琐的传讯很快就显得毫无意义。因为无论提什么问题，那个裸男（在这期间，他穿上了村民扔给他的一件外套和一条帆布裤子）都只是

---

1 瑙西卡：希腊神话中法埃亚科安岛的国王阿尔喀诺俄斯的女儿。在荷马的《奥德赛》第六章中，雅典娜托梦给瑙西卡，预言她即将成为新娘，因而要到河边浣洗衣物。瑙西卡和侍女们在河边洗衣和沐浴的时候恰好遇到了落难于该岛的、衣衫褴褛的奥德修斯。

2 差役：此篇小说不同版本之间的细节有较大出入。有些版本中直接就是"公务员"（Amtsdiener），此前的中译本一般译成"村长"。本译文参考的是 Paul Zsolnay 出版社 2019 年版的《情感的迷惘：茨威格小说选》，原文用的词是"Weibel"，指的是瑞士地方政府中一些职位稍低的官职，负责行政、司法等杂务，相当于标准德语中的"差役"（Amtsbot）。

颤颤巍巍、忐忑不安地重复道："罗斯亚？罗斯亚？"差役对传讯失败感到恼怒，于是明确地示意裸男跟他走。然后，这个男人便穿着别人扔给他的外套和松松垮垮的帆布裤，在一群刚刚醒来、吵吵嚷嚷的村里小伙子的簇拥下，向政府办公楼走去，在那儿接受暂时的监管。他丝毫不反抗，也不说一个字，先前明亮的双眸此时因为失落而黯淡；他高大的肩膀畏畏缩缩的，好像害怕有人会在背后给他一棒。

渔夫找到这条"人鱼"的消息传到了附近的饭店，那些整日百无聊赖的女士先生都很高兴有这么一件事来消暑解闷，于是都去参观那个野人。一位贵妇给他送了一点儿蜜饯，可是那男人就像一只面对投喂满腹狐疑的猴子，看也没看蜜饯一眼；一位先生给他拍了照；所有人都围着他说笑逗趣，直到一家大饭店的经理走了过来。此公在国外生活多年，通晓多门语言，他先是用德语和意大利语，后来又用英语，最后用俄语对那个吓得发抖的男人说了几句话。一听到经理会说自己的家乡话，男人马上欢快地跳起来，眉开眼笑，仿佛卸下心头大石，突然自信又自在地向在座各位讲述了他的故事。这个故事非常冗长，模棱两可，里头堆积如山的细节连这位临时上任的翻译员也无法完全弄懂。不过，总的来说，他们对这个男人的命运已经有了头绪：

他在俄国参加战斗，某一天随着其他一千多名士兵上了火车，被拉到离家乡很远的地方，然后又被迫上了船，顺着水流穿山越岭。船舱里是那么闷热，用他自己的话说，热得全身骨头都要被煮烂了。最后，他们上了岸，被送上一列火车，下车后突然收到指令说要攻下一座小山。具体攻下了没有他也不得而知，因为他在战斗打响没多久之后腿上就中弹了。

听了经理逐字逐句的翻译，大家马上就明白了这个逃兵其实是一名俄国军团的士兵，他横跨了半个地球，途经西伯利亚和符拉迪沃斯托克，最后被送到了法国前线。他们对这个男人的命运深感同情，也很好奇他是怎么潜逃成功的，这可是件非比寻常的事。那个俄国男人虽然还没从这场灾难中恢复过来，此刻却带着欢快又狡黠的微笑讲述说，他问同行的护理员俄国在哪里，他们只是用手指了个方向，他便借助太阳和星座确定了大致方位。某天，他偷偷跑了出来，夜里赶路，白天在干草堆里躲过巡逻队的眼线。一路上，他以水果和讨来的面包维生，十天后，终于到达了这个湖。在这里，他的讲述变得有点儿不清不楚；对这个自小在贝加尔湖畔长大的人来说，仿佛只要渡过了这个湖，对岸暮色中漂浮不定的天际线下就是俄国。无论如何，他从一间茅屋里偷了两块长木板，一块当船，一块当桨，他俯伏在上面，一路朝着对岸划去，直到被渔夫发现。他最终以一个令人心酸的问题结束了自己的故事，那就是——他明天能不能回家呢？这个问题刚被翻译出来，就引起了哄堂大笑。可是很快，大家便对这个一无所知的男人的命运感到深切的同情，面对着他忐忑不安地四处张望的目光，人们纷纷走上前来，塞给他一些银币或者钞票。

在此期间，一位高级警官与蒙特勒警方电话商议后来到了小镇，好不费力才完成了对整件事的笔录。这不仅仅是因为临时上任的翻译员水平有限，还因为这个男人文化水平不高，对身世的认知几乎只限于自己的名字鲍里斯，这对那些来自西欧的先生来说简直不可思议。他对自己出生的村子只能做一些非常模糊的描述，比如说，村民们是梅什朔尔斯基王公[1]领地上的农奴（他用了"农奴"这个词，尽管这种徭役形式早已被废除），还有他自己，一直和妻子与三个孩子住在一个离大湖泊五十俄里[2]的地方。

此时，席间开始商议如何处置这个男人，事主本人

---

1 梅什朔尔斯基王公：原文是"梅彻尔斯基王公"（Fürst Metschersky），可是这个王公姓氏在俄国历史上并不存在，故疑似茨威格本人的拼写错误，应为梅什朔尔斯基王公（Fürst Meschchersky，俄语：Мещерские）。梅什朔尔斯基家族在 1798 年被俄罗斯帝国皇帝保罗一世封为王公，是中世纪时奥卡河与克里亚济马河之间的梅谢尔斯卡娅低地统治者们的后裔。
2 俄里：1 俄里约等于 1.0668 公里。

却目光呆滞，在一群争论不休的人之间簌簌发抖。有人说，应该把他遣送到伯尔尼的俄国使领馆，其他人则担心他会被使馆当作士兵送回法国前线；警察局对他的身份争执不下，不知道应该把他视为逃兵还是当作没有合法证件的外国人来处置；政府的差役一开始就反对把这个陌生人藏在镇子里，更不用说为他提供膳食了。一位法国先生激动地说，没必要在一个违反法纪的可悲的逃兵身上浪费太多时间，他应该回到自己的岗位上去；两位女士则强烈反对，毕竟此人对自己的悲惨遭遇并无责任，逼他背井离乡去送死的做法本身就是犯罪。在这出偶然的小插曲的煽动下，眼看一场激烈的政治纷争就要爆发，这时一位丹麦老先生突然激动地说，他愿意出钱资助这个男子八天的住宿，在此期间当局必须和民众达成一致意见。这个解决办法可谓从天而降，无论是政府人员还是普通居民都很是满意。

争论愈演愈烈之际，逃兵慢慢抬起了双眼，一动不动地盯着饭店经理的嘴唇，因为这位经理是这群人中唯一一个能够听懂他诉说自己命运的人。他隐约地感觉到自己是这场争论的导火索，在纷争平静下来之后，他下意识地朝饭店经理举起双手，眼里充满恳求，就像那些在圣像面前祷告的女信徒。这一手势令在座各位无不动容。经理走到他面前，真诚地安慰说，不用害怕，他可以留下来，不受打扰，也无须担心膳食，饭店的餐厅会给他做吃的。俄国人想亲吻他的手，可是经理马上把手缩了回去，后退几步。他指了指一家小饭馆，表示在那里男人可以好好休息，吃饱喝足；经理又说了几句安抚的话，再对他友好地挥了挥手，便回到了自己的饭店。

逃兵眼也不眨地看着他离去，看着这唯一一个能听懂他语言的人离去，刚才开朗的脸又阴沉了下来。他用眷恋的目光望着经理回到高处的饭店，看也不看身边的人一眼。他们对他古怪的举止或惊讶万分，或嗤笑连连。

后来，总算有个人充满同情地上来拍了拍他的肩膀，指给他看那家小饭馆，他这才低垂着头往那儿走去，肩头仿佛压着一座大山。人们给他打开酒吧间的门。他一屁股跌坐在一张桌子旁，女服务员给他端了一杯烧酒当作欢迎。一整个上午，这个俄国人都纹丝不动地坐着，目光呆滞。村里的孩子们不时跑过来，在饭馆的窗外偷看，对他又是大笑又是尖叫——可他头也没抬一下。进来喝酒的人好奇地打量着他，而他只是一味弓着腰坐着，目光仿佛被钉在了桌板上，面露羞赧。中午时分，一大群人有说有笑地拥入店内用餐，成百上千听不懂的单词在他四周嗡嗡作响。俄国人突然意识到自己在的这个地方陌生得可怕，他身处话语与动作的急流之中，又聋又哑，就这样坐着，束手无策，双手颤抖得那么厉害，连汤勺都拿不稳了。突然，一颗豆大的泪珠从他脸颊上滑落，重重地滴在桌面上。他害羞地四下张望。其他人却已经注意到了这一幕，全场突然一片安静。俄国人羞愧难当，他沉重的、乱蓬蓬的头越垂越低，几乎碰到了桌面那乌黑的木板。

他就这样一直坐到黄昏。人来人往，他再也感觉不到他们的存在，他们也忘记了他，他只是一道黑色的影子，双手重重地搭在桌上，消失在炉子的阴影里。所有人都把他抛到了脑后，所以，当他在暮色中突然站起身来，像动物一般麻木地踏上前往大饭店的路时，也没有一个人察觉。

一个多小时后，他站在了饭店门前，把帽子捏在手里，看也不看路过的人一眼。后来，有一个跑堂的发现这人像黑色大树桩一样在灯火通明的饭店门前僵僵地站着，于是去报告了经理。当俄国人听到经理用他的母语问候他时，黯淡的脸上再次闪过一丝亮光。

"鲍里斯，你怎么了？"经理友好地问道。

"请您原谅，"逃兵结结巴巴地说，"我来找您，只是想知道……我能不能回家。"

"当然，鲍里斯，你当然能回家。"经理微笑着回答。

"明天就能回家了吗？"

此时，经理的面色突然变得严肃起来。听到逃兵问得那么恳切，他脸上的笑容一下子凝固了。

"不，鲍里斯……现在还不行。要等战争结束之后。"

"那是什么时候？战争什么时候才结束？"

"那只有上帝才知道。我们凡人无法知晓。"

"那早一点儿可以吗？我可以在战争结束前回去吗？"

"不行，鲍里斯。"

"真的要等到它结束吗？"

"对。"

"还要很久吗？"

"很久。"

"我可以自己走，先生！我很强壮。我不怕累。"

"可是你现在走不了，鲍里斯。这里和你的家乡之间还隔着国境。"

"国境？"他满眼疑惑。这个词对他来说是那么陌生。然后他又异常固执地说道："我会游过去。"

经理几乎要笑出声来。不过这话让他一阵心痛，于是他温柔地解释道："不行，鲍里斯，行不通的。国境之外是另一个国家。人们不会让你过去的。"

"可是我又不会伤害他们！我把武器全都扔掉了。看在上帝的分上，他们为什么不让我去见我的妻子呢？"

经理的面色愈加凝重起来。他心里漫过一阵苦涩。"不行，"他说，"他们不会让你过去的，鲍里斯。这些人的眼里现在没有上帝。"

"可是，先生，我又该怎么办呢？我总不能一直待在这儿啊！这里的人听不懂我的话，我也不明白他们的话。"

"你会慢慢学会的，鲍里斯。"

"不，先生，"俄国人深深地垂下头去，"我什么也学不会。我只会干农活，其他的啥也不懂。我留在这里图什么呢？我要回家！告诉我回家的路吧！"

"没有路，鲍里斯。"

"可是先生，那些人没有权利禁止我去见我的妻子和孩子，他们没有权利禁止我回家！我已经不再是士兵了。"

"他们有权这么做，鲍里斯。"

"那沙皇呢？"他突然问，因为渴望与敬畏而颤抖。

"已经没有沙皇了，鲍里斯。他退位了。"

"没有沙皇了？"他呆滞地望着经理，眼里最后的光芒已经熄灭。末了，他心灰意冷地说："也就是说，我回不了家？"

"暂时不行。你要再等等，鲍里斯。"

"等很久吗？"

"我不知道。"

在黑暗中，他的脸色越来越阴沉："可我等了那么久！我不能再等下去了。请告诉我回家的路吧！我要试试！"

"回家的路是不存在的，鲍里斯。他们会在边境逮住你。留在这里吧，我们会给你找份工作！"

"可是这里的人不懂我，我也不懂他们。"他再一次固执地说道，"我不能留在这里！帮帮我，先生！"

"我爱莫能助，鲍里斯。"

"看在上帝的分上，帮帮我吧，先生！我再也忍受不了了！"

"我真的帮不了你，鲍里斯。现在这个局势，谁也帮不了谁。"

他们四目相对，不发一语。鲍里斯把帽子在手里揉成一团："那他们为什么要让我离开自己的家乡呢？他们那时说，我要守卫俄国，为沙皇而战。可是俄国离这里那么远，而你刚才说，沙皇也已经……你说的那个词是什么？"

"退位。"

"退位。"他重复了一遍这个词，并不理解它是什么意思。

"先生，我现在应该怎么办呢？我得回家！我的孩子们在等着我。我不能在这里过活。帮帮我，先生！帮我！"

"我也无能为力，鲍里斯。"

"那谁能帮我？"

"现在没人能帮你。"

俄国人的头越垂越低，最后，他突然闷声说了一句：

"谢谢您，先生。"说罢便转过身去，走了。

　　他沿着来时的路一路走下去。经理久久地目送着他，吃惊地发现他并没有往饭馆走去，而是逐级而下，来到了湖边。他长长地叹了口气，回到饭店处理自己的工作。

　　据说，翌日早上，还是同一个渔夫，在湖里发现了这个男人赤裸的尸体。他下水前，把别人送他的裤子、帽子和外套都小心地脱在湖边，然后一头扎进了水里，正如当初突然从水中来那样。官方对这件事做了笔录，村民们因为不知道这个男人的全名，只能在这个人的墓前插下一个廉价的木制十字架。这样小小的十字架底下，是无名的命运，它们正从一头到另一头，覆盖着我们整个欧洲。

重负

妻子还在熟睡，呼吸均匀又深沉，双唇微启，仿佛正想微笑或说出一个词；毯子下，年轻的隆起的胸脯平静地一起一伏。窗外透进第一道晨光。不过，冬日清晨的光线总是那么晦暗，光影之间的微光正在万物沉睡的边界上游移不定，覆盖了它们既有的形体。

费迪南悄悄起了床，自己也不明白是为什么。最近，他总是在工作的时候突然抓起帽子，冲出家门，飞奔到田野上，越跑越快，直到精疲力竭；回过神来才发现自己身处一个陌生的地方，双膝在不停地颤抖，太阳穴突突地跳动。又或者，在和别人聊天聊得正欢的时候，他会突然走神，听不懂对方的话，抓不住对方的问题，要狠狠地甩头拍脸才能让自己回过神来。夜晚脱衣就寝时，他会忘了自己要做什么，手中捧着一只脱下的靴子，一动不动地坐在床沿，直到妻子的叫声把他惊醒，手中的靴子扑通一声掉在地上。

此刻，他从有些凌乱的房间走到阳台上时，不禁打了个寒战。他下意识地抱住双肘，好让身子暖和点儿。下方宽广无垠的景色还被浓雾笼罩着。从他的小房子俯瞰，苏黎世湖就像一面打磨过的镜子，天光云色在其间轻快地划过，一层厚厚的奶白色的水雾在镜面上浮动不定。世间万物都潮湿、灰暗而黏滑，无论用手还是用目光轻轻擦过，树上都会滴下大片露水，横梁上的湿气会轻轻飘落。世界在浓雾中袅袅升起，俨然一个刚刚挣脱洪流爬上岸、身上还在不断滴水的人。朦胧又低沉的人声穿过雾夜而来，仿佛溺水之人临死前的喘息，有时还能听到捶打东西的声音，或是远方教堂的钟声，只是，平日里清晰洪亮的声响仿佛被雾水的湿气锈蚀了一样，迟钝而无力。在他和世界之间，矗立着一片濡湿的黑暗。

他冷得直哆嗦。然而，他还是留在阳台上，双手深深地揣在兜里，等待着云消雾散、能看清四周的最初一刻。雾仿佛一张灰蒙蒙的纸，从底下往上缓缓升腾，他心里感到一股无穷无尽的渴望，想看清那片自己爱恋不已的风景。他知道，在晨雾之下，一切都井井有条、棱角分明，它们明晰的线条终会像平日那样厘清他混乱的思绪。有多少次，他在心烦意乱中走到窗边，看到下方那一派平和的景象，马上就找回了内心的宁静；湖对岸的房子友善地一幢连着一幢，一艘小巧玲珑的汽船稳稳地划开碧蓝的水面，海鸥在岸边快乐地翻飞，正午钟声下红墙白瓦的房屋正冒出袅袅炊烟，一切都在鲜活地对他宣示着：和平！和平！在这一刻，虽然深知世界的疯狂，费迪南还是相信了眼前的美好迹象，沉浸于自己选择的新家园，遗忘了遥远的故国。

几个月前，他还是一名逃兵，既畏惧人类，也畏惧这个时代。他匆匆逃离纷飞的战火，来到了瑞士，并感到自己那被揉压、被碾碎、被恐怖与惊慌所犁开的生命，在这里如何愈合、结痂，如何被这片大地所接纳，他的艺术又是如何被此处风景的纯净与缤纷赐予新生的。所以，要是在昏暗中看不到这景象，尤其是早上云雾萦绕、万物消隐的时候，他就会感到自己是个陌生人，会被赶出这片乐土。对下方被黑暗吞噬的一切，费迪南心里充满了无尽的同情，特别是面对着那远方故国的人民，他感到无比的怜悯，渴望着能与他们重逢，和他们的命运融为一体。

在云雾里的不知什么地方，教堂的钟声敲响了四次，然后，仿佛要为自己报时那样，又传来八下更为清亮的鸣响，回荡在三月的清晨里。费迪南觉得自己好像身处塔顶，有着无法言喻的孤独。浮世就在眼前，妻子却在身后的黑暗中酣睡。他内在的意志一鼓作气，想要打破这雾之墙，在某处寻到清醒的信号与生命的确证。他慢慢地放眼向远处眺望，感到在下面，在那片灰色的国度，在村落的尽头与狭窄的盘山道路交界的地方，有什么东西正在蠢蠢欲动——是人，或是动物。那个小小的形体被轻薄的雾水所笼罩，正朝他的方向走来。他先是感到一阵喜悦，没想到世界上除了他还有另一个人已经从梦中醒来，却也感到一股灼热的、让人不安的好奇。那里——那个灰色的形体所在的地方，是一个十字路口，一边通往邻镇，另一边通向他住的房子。有那么一瞬间，那个陌生人好像停了下来，气喘吁吁、犹豫不决，接着，他走上一条羊肠小道，向上而来。

费迪南感到一阵不安。"这个陌生人到底是谁？"他自问，"是什么样的压力使得他像我一样，放弃了温暖的被窝，走进寒冷的清晨？他要来找我吗？他想从我这里得到什么？"这时，雾气逐渐消散，他在近处认出了那个身影：是邮差。每天早晨，当教堂钟声敲响八下的时候，他就会上山来，费迪南认得他那木头一样的面孔和水手般的、尖端已经斑白的火红胡须，还有那副蓝色的眼镜。他姓努斯鲍姆，费迪南管他叫胡桃夹子先生[1]，因为他动作

---

1 胡桃夹子先生：著名童话人物胡桃夹子（Nussknacker）和努斯鲍姆（Nußbaum）开头的音节一样，于是有了这样的联想。

生硬，而且每次把那巨大的黑皮革邮包往右一挎，郑重其事地拿出信件的时候，总带着一种无上的威严。此刻，他正在一步一步往上走，邮包在左边随着小短腿的迈步一甩一甩的，可他还是竭尽全力让自己的步态显得高贵庄重，费迪南见状不由得微笑起来。

突然，他发现自己的双膝在抖个不停。他那举在双眼上面的手，疲软地耷拉下来。今天的不安，昨天的不安，这几个礼拜里的不安，此刻竟汇聚一堂。他感到，邮差正一步一步朝自己走来，不是找别人，正是来找他的。他下意识地打开阳台门，从熟睡的妻子旁边溜过去，匆匆下了楼，沿着有篱笆的小路向邮差走去。在花园门前，两人碰头了。"您是不是……您是不是……"他试了三次才把这句话说出来，"您是不是有给我的信？"

邮差抬了抬雾水蒙蒙的眼镜，打量着他："对，对。"他将黑色的邮包一下子甩到右边，用手指——它们就像雨后的蚯蚓，湿漉漉的，因为寒冷的雾气而变得通红——在里面摸索着。费迪南簌簌发抖。终于，邮差找到了给他的信。这是一个大大的棕色信封，上面显眼地印着"公函"两个粗体字，下方则是他的名字。"请您签收。"邮差说罢把纸笔递给他。费迪南草草地在上面签下自己的名字，因为太过激动而几乎认不出来到底签了些什么。

接着，他一把从邮差肥大通红的手中夺过信。可是费迪南的手是那么僵硬，信封从他手中滑落，掉在了满是落叶和露水的地面上。他弯腰把它捡起来，闻到了一阵腐土的苦味。

　　就是它——现在他终于明白，这几周来一直让他心底不得安生的是什么——就是这封他万分不情愿地收到的信，这封来自一个既无意义也无形体的远方的信。它一路跟着他，用冰冷的、机器打印的字句一把攫住他尚有余温的生命，剥夺他的自由。他早就有预感，这封信会从不知什么地方过来，仿佛他是一名打游击的骑手，在密布的丛林中感到有根无形的、冰冷的枪管正瞄准自己，有一颗小小的铅弹想打进自己的皮肤深处。任何反抗都是徒劳，他夜复一夜苦想出来的小计谋，还是没能阻止这件事的发生，这封信总归逮到了他。

　　不到八个月前，他衣不蔽体地站在一名负责体检的随军医生面前，因为寒冷与恶心而颤抖，任由对方像马贩子一样在他手臂肌肉上捏来捏去。在这种屈辱中，他深切地体会到了这个时代有多么违背人的尊严，整个欧洲又是如何在奴性中堕落的。最初两个月还好，他还能勉强在爱国主义的口号中呼吸，可久而久之他就窒息了，身边的人开口说话时，他觉得自己都能看见他们舌头上那发黄的、布满谎言的舌苔。他们的每一句话都让他反胃。

每天一大早，他都看到一些冻得瑟瑟发抖的女人，带着她们空空的土豆袋子坐在市场台阶上，此时他的灵魂就被一劈为二。他紧紧地捏住拳头，在四周转来转去，一阵恶意涌上喉咙。他对参战的自己感到恶心，愤怒得快要晕厥。最后，在随军医生的同意下，有病在身的他得以和妻子一道逃到瑞士。穿越边境的时候，鲜血突然涌上头脑，他路都走不稳了，不得不马上扶住身旁的一根柱子。这是他第一次真切地感受到人、生命、行动、意志与力量。他的肺如饥似渴地呼吸着自由的空气。对他来说，祖国现在只是监狱和重负。陌生的远方才是他在这个世界上的家乡，才是真正的欧洲，真正的人性。

然而这种欢快的感觉没有持续多久，恐惧就接踵而来。他感到，自己依旧带着自己的名字在这片血染的丛林中挣扎。有什么东西——一件他不知道、叫不上名字的东西——对他的所作所为了如指掌，而且永远不会放过他。在看不见的暗处，正有一只冰冷的眼睛日夜不眠地盯着自己。他躲到自我的深处，不读任何报纸，免得看见复员入伍的号令；他换了一个又一个住处，为了掩盖自己的行踪；他让所有的信件都转寄到妻子那儿，回避人群，不想被问长问短；他从不进城，总是请妻子替他买画布与颜料。他在苏黎世湖边上的小村子里租了一间农家小屋，想从此隐姓埋名，彻底遁入虚无。可他心里一直知道：在某个抽屉里，成千上万的白纸之中，有一张是留给他的。他明白，总有一天，在某个地方，某个时刻，会有人拉开这个抽屉——他听见了推拉抽屉的声音，听到了一台打字机嗒嗒地在纸上印下他名字的声音——他知道，这封信会跨越千山万水，最后逮住他。

此刻，他站在清晨的寒风中，绞着手指。费迪南竭尽全力使自己冷静下来："对我来说，这张纸有什么大不了的？明天，或者后天，这里的灌木就会长出千万片叶子，它们会变成白纸，每一张都和我手上的这张一样陌生。'公函'是什么意思？意思是我必须读吗？茫茫人世之中，我根本不认识这个发信的机关，也不会有任何一个机关凌驾于我之上。上面这个是我的名字吗——这个叫费迪南的人是我吗？谁能逼我说是？谁能逼我去读里面的东西？要是我不读，直接把它撕成碎片撒到湖里，那我就什么也不知道，全世界也不会知情，没有任何一颗露珠会因此滴落得快一点，我的一呼一吸也不会和之前有任何区别！只要我不愿意知情，这封信就从来没有存在过，更不会使我不安，不是吗？我什么都不想知道。除了自由，我别无他求。"

他的手指紧紧捏住坚实的信封，下一秒就要把它撕成碎片了。可是，太奇怪了，手指的肌肉不听使唤了。他的手上好像有什么东西，胆敢违背他的意志。尽管他心里只想着要把信封撕掉，可是双手却颤抖着、小心翼翼地把信封拆了开来，取出里面那张洁白的纸。上面写着他早就知道的事："兵役登记编号 34729 F，应地区指挥部 M 之指示，兹请阁下最迟于 3 月 22 日晚至地区指挥部 M 八号房报到并重新接受征兵体格检查。军人身份证明将呈递至苏黎世领事馆，请您移步至领事馆领取。"

约莫一个小时后，他回到了自己的房间，妻子微笑着向他走来，手里拿着一束随意扎起来的春季的鲜花。她脸上散发着轻松快活的光。"快看，"她说，"看我找到了什么！就在我们房子后面的草地上，花儿已经开了，不过树丛的阴影里还有积雪呢。"为了让她高兴，费迪南接过鲜花，拥她入怀，这样就不用与爱人那无忧无虑的目光对视。然后，他匆匆往阁楼走去，那里是他的绘画工作室。

可是，今天他无论如何也集中不了精神。刚把一张新的画布挂上去，上面就冒出信里打字机打印的大字。调色盘中的颜料好像鲜血，也像泥土。他想到了流脓的伤口。在昏暗中，他的自画像仿佛穿着戎装。"都是胡思乱想！胡思乱想！"他大叫道，为了驱赶脑海中疯狂的画面，急得直跺脚，可是双手依旧抖个不停，脚下的地板摇摇欲坠。他得躺下。他在一张板凳上坐下，蜷缩成一团，直到妻子喊他去吃午饭。

他一口也吃不下。喉咙上方好像被什么苦涩的东西堵住了，他拼命往下咽，可它总是冒上喉头。他弯腰驼背，一声不吭地坐着，这才发现妻子正打量着自己。突然，他感到她把手轻轻地搭在了自己的手背上。"你还好吗，费迪南？"他没有回答。"你是不是收到了什么坏消息？"他只是一言不发地点点头。"是部队里的事吗？"他点点头。脑海里的那个念头一下子占据了整个房间，它硕大逼人，把房间里的其他东西都推到了一旁。它的身体肥大又黏滑，就像一只湿漉漉的蜗牛，坐在还没怎么动过的食物上，探出头来，从费迪南和妻子的领子里滑进去，让人毛骨悚然。两人不敢朝对方瞄一眼，就这样弯腰坐着，一声不吭，屈服于那让人忍无可忍的重负。

最后，妻子总算开口了，她的声音里仿佛有什么东西支离破碎了一般："他们要你去领事馆吗？"他浑身颤抖："不知道，可是我得去。"

"你为什么得去？这里是瑞士，他们又不能对你发号施令。你在这里是自由的。"

他生气了，从紧紧咬住的牙关后面挤出一句话："自由？这个时代又有谁是自由的呢？"

"每个人。每个人都是自由的，只要他愿意。尤其是你。这是什么？"——她一把将他跟前的信件夺了过来，满眼蔑视——"这东西有什么权力支配你？这张被一个可怜的小文书乱涂乱画的废纸，它有什么权力对你这个活生生的自由人颐指气使？它能伤到你吗？"

"这张纸是伤不到，可是寄这封信的人可以。"

"谁寄的？是人寄的吗？是一台机器，一台杀人机器寄来的而已。它抓不到你。"

"它已经抓住了成千上万的人，为什么偏偏抓不到我？"

"只要你不想让它抓到，它就抓不到。"

"可其他人也不想。"

"那是因为他们不是自由人。他们置身于枪林弹雨之中，这是重点。这成千上万的人，没有一个是心甘情愿被抓走的。没有任何一个人会从瑞士跑回战争的地狱之中。"

她压住了自己的怒火，因为看到丈夫正在做激烈的思想斗争。她的心里突然泛起一股对孩子那样的同情。"费迪南啊，"她说道，依偎在他的肩上，"现在，你好好想清楚。你害怕这封信，我也知道它为什么会这么令人不安，它就像一头突然扑向你的野兽。可你想想，我们其实一直都在等它，不是吗？我们已经在脑海里彩排过几百次了，早就提前做了决定。我会为你骄傲的，因为我知道你会把这封信撕成碎片，我知道你不会服从命令去杀人。你还不明白吗？"

"我明白，葆拉，我明白，可是……"

"好了，现在请不要再说了，"她强硬地说道，"你现在被它吓住了。你好好回想一下我们之前的讨论，回想一下你自己做了什么决定。那边——就在你办公桌的左边抽屉里——是你之前写的行事纲领，你写道：你永远，永远不会再拿起武器。你当时已经下了决心……"

他一下子站起身来："我没有！我的意志一直不坚定！我写下的都是谎言，都是为了掩盖我的恐惧。写下这些话是为了自我麻醉，只有在我自由的时候，它们才是真的。我一直都清楚，只要他们叫我回去，我就会屈服。你觉得我在他们面前害怕得发抖了吗？他们没什么大不了的——只要他们在我心里不是真切存在的东西，他们就只是空气、词语、虚无。我害怕的是我自己，因为我一直知道，只要他们呼唤我，我就会忍不住奔向他们。"

"费迪南，你是真的想去吗？"

"不不不，"他结结巴巴地说，"我不想，我不想，我心里一万个不情愿。可是我会去的，我的意志阻止不了我的身体。这就是他们的力量的可怕之处，在它面前，无论什么意志和信念都会败下阵来，人们只能服从。如果人类真的还有自己的意志，那这意志还没来得及面对手中的信就已经消亡了。服从，只能服从。就像学校里的孩子那样，老师叫到你的名字，你就会站起来，浑身发抖。"

"可是费迪南，是谁在叫你呢？你的祖国？不，一个小文书而已！一个百无聊赖的、官僚体制的小奴才！就算真的是祖国在呼唤你，它也没有权力逼你杀人，不，它没有这样的权力⋯⋯"

"我知道，我什么都知道。你尽管引用托尔斯泰吧！我还知道其他的论据，你知道吗，我根本就不相信他们有权力支使我，我也不相信自己有义务服从他们。我只有一个义务，那就是做一个人，做好自己的本职工作。除了人类世界，我没有其他祖国，我更没有杀人报国的野心。我明白的，葆拉，我比你还明白——可是他们已经抓住我了，他们在叫我，虽然道理我都明白，可是我知道自己最后还是会去的。"

"可是为什么？这一切是为了什么？我问你，为什么？"

他痛苦地呻吟道："我不知道。可能因为这个世界上，疯狂比理智更强大吧。可能因为我不是个英雄，所以不敢一走了之⋯⋯我解释不清楚。这是一种无名的重负，我无法打碎缠绕在两千万人身上的枷锁。我做不到。"

他把脸埋在手掌里。时钟在他们上方嘀嗒作响，仿佛守卫着时间的哨兵。她的身子轻轻地颤抖着："它在呼唤你，这我知道，可是我无法理解。不过，费迪南，你没听到这里也有人在呼唤你吗？你对这里的生活没有什么留恋吗？"他一下子跳起来："我的画吗，还是我的工作？不！我再也画不了画了，我今天感觉到了。我已经不在这里，而是在那边。世界已经分崩离析，这时还在为自己而工作，真的是犯罪。我们不能再只感觉到自己了，我们不能再为了私欲而活着了！"

她站起来，转过身去。"我从来就没想过你是为你自己活着。我一直相信……我相信，我对你来说也属于世界的一部分。"她再也说不下去了，泪水夺眶而出。他想上前安慰她。可是她眼泪的后面闪烁着愤怒的火光，把他吓了回去。"你走，"她说，"你倒是走呀！对你来说我是什么？还不如一张废纸。你那么想回战场，那就回吧！"

"我不想回去！"他捏紧拳头狠狠敲在桌子上，愤怒得快要晕过去了，"我根本不想回去。可是他们想我回去。他们是强者，而我是弱者。他们的意志已经磨砺了几千年，他们有组织，有预谋，时刻准备着像电闪雷鸣一样向我们扑来。他们意志坚强，而我神经衰弱。这场斗争从一开始就是不平等的，人斗不过机器。如果他们是人类，我们还能反抗；可他们是机器，一部杀戮机器，只是一个工具，没有灵魂，没有心，也没有理智。我们斗不过它。"

"不，斗得过。只要你觉得有必要！"她现在像气疯了一样高声大叫起来，"就算你斗不过，我也能！你是个懦夫，我不是。我不会臣服于这样一张废纸，我不会用人命来服从命令。你走不了，只要我还有能力支配你。你病了，我保证，你是个神经质的人，盘子摔碎你都会吓得缩成一团。任何一个医生都能看出来你有病。费迪南，我们去看医生吧，我会陪着你，我会向他解释一切。只要你愿意反抗，只要你咬紧牙关，坚守自己的意志，他们一定会还你自由的。你想想让诺，你那位巴黎的朋友，他在疯人院接受了三个月的医学观察与检查，那些人用尽一切手段来折磨他，逼他就范，可他坚持下来了，军队最终承认他精神有问题，放走了他。你只需要大声告诉他们，你不愿意。绝对不可以屈服。这关系到你的一切，他们想夺走你的生命，你的自由。你必须反抗。"

"反抗！怎么反抗？他们比所有人类都要强大，他们是世界的最强者。"

"这不是真的！只是因为世界同意了，他们才如此强大。人的个体永远强过任何一个概念，他首先要是他自己，要守住他自己的意志。他只需要明白，他是一个人，而且他希望自己永远是这样一个人，那么，那些麻痹人类精神的假大空的话，什么祖国，什么责任，什么英雄，这些血腥的、想吸干我们血液的词语，就不能动他一根毫毛。你对我说实话，祖国对你来说真的胜于自己的生命吗？一个穷乡僻壤，尊贵的王朝换了一代又一代，它真的比得上你用来画画的右手吗？正义虽然看不见，可它就在我们的思想和血脉之中，你真的相信在此之外还存在着其他正义吗？不存在的，我坚信，不存在这样一种正义！所以，你根本就不想去，你一直在自欺欺人……"

"我也不想的……"

"还不够！你现在是压根儿什么也不想要了。你只希望别人来决定你的意志，这是犯罪。你把自己交给了你厌恶至极的东西，还要为此献上性命。为什么不把生命留给你所重视的东西呢？为了一个想法而献出鲜血——好，没问题！可为什么要献给别人的想法呢？费迪南，不要忘了，只要你真的不想去，只要你一心想着自由，对面那些人算什么？跳梁小丑罢了！你是不想去，可是还不够强烈，这让他们有机可乘，倒使你自己成了个傻瓜。你以前一直对我说……"

"对对对，我一直对你说，什么都说了，我一直在说啊说的，只是为了给自己鼓劲儿。我之前说的话就像小孩子在黑暗的森林里迷路时唱的歌，只是为了驱散对自己恐惧的恐惧而已。都是谎言，我现在明白了，都是谎言。因为一直以来我都知道，只要他们叫我，我就会去的……"

"你会去？费迪南！费迪南啊！"

"不是我！去的不是我！而是我身体里的什么人——其实他已经去了。我的身体里好像有个小学生，我刚才跟你说了，他一听到老师点名，马上就站了起来，除了发抖和服从，什么也做不成！尽管我真的在听你说的话，我知道你说的是对的，是真理，是人性所在，是当务之急——你说的就是我现在唯一该做也必须做的事——我知道，我明白，正因为如此，我服从他们的时候才显得那么低贱。然而我还是会去的，有什么东西已经把我玩弄于股掌之间了！请你不要鄙视我！我鄙视我自己。可是我没有别的出路，没有！"

他用拳头重重地敲着眼前的桌子，目光里好像困着一只硕大的野兽。她无法直视他的双眼。她那么爱他，所以害怕自己会鄙视他。在铺好的桌布上，午饭吃的肉还在那里，像条冰冷的、死去的鳗鱼；面包发黑，碎了一盘，仿佛矿渣；食物冒出的蒸汽弥漫在整个房间。她感到一阵恶心，对所有东西都恶心。她打开窗户，一阵清风吹了进来，拂过她的肩头，使她轻轻地打了个冷战。上方是三月蔚蓝的天空，白云飘过她的发梢。

"你看，"她轻声说，"你看看外面！就看一眼，我求你了。或许我对你说的一切不全是真的，词语总是不能达意；可是我所看到的，绝对千真万确。眼睛不会骗你。那边有个农民在犁地，他那么年轻，那么强壮。为什么他没有让人杀掉？因为他的国家没有战争，因为他的耕地离参战国的国界线还有两厘米[1]，所以对面那个国家的法

---

1 离参战国的国界线还有两厘米：原文说的是"距离国界线还有六个 Strich"，Strich 是瑞士当时沿用的法国旧度量衡单位，一个 Strich 约等于十分之一英寸，即 0.254 厘米。

律不适用于他。而你现在也置身于这个国家，所以你祖国的法律对你不适用。而且，法律到底是什么？它看不见摸不着，区区几里，就能让它适用或是不适用，这样的法律难道是真的吗？你在看到这一派和平景象的时候，真的没有察觉到法律的毫无意义吗？费迪南，看，湖上的天空是多么明朗；看，这些色彩是多么希望被你捕捉。来窗边看看吧，然后再告诉我，你是不是还想去打仗？"

"我不想！我根本就不想！你知道的啊！我为什么还要去看这些东西呢？我什么都明白，什么都懂！你只是在折磨我而已！你说的每一个字都让我心痛。没有什么能帮我，没有，没有，没有！"

在他的痛苦面前，她感到自己是那么弱小，怜悯耗尽了她的气力。她轻轻地转过身去。

"好……那你……费迪南，你……什么时候去领事馆？"

"明天！其实昨天就该去了。可是这封信今天才到我手里。今天它才找到我。明天我无论如何都得去。"

"你明儿不去又怎么样呢？让他们等着好了。在这个国家，他们不能把你怎么样的。我们还有时间。让他们等上八天吧。我写信通知他们，说你病倒了，还在卧床休息。我弟弟就是这样做的，结果延迟了两周入伍。最坏的情况就是，他们不相信你，于是从领事馆派个医生来。和这医生或许还有周旋的余地。只要没穿制服，人就还是人。或许医生看到你画的画之后会明白，你这样的人根本不适合上前线。就算最后没有说服他，你也赢得了八天的时间。"

他一言不发，她感觉到，这沉默是针对她的。

"费迪南啊，答应我，不要明天去！让他们等着吧。你要先等情绪平复下来。现在你精神那么紧张，他们一定会对你为所欲为。如果你明天去，他们会比你强大很多很多。可是八天后你就是强者了。想想我们以后要一起度过的美好日子吧。费迪南，费迪南，你在听吗？"

她拼命摇晃着他的身子。他呆呆地看着她，眼神空洞。他已经迷失了，无神的眼里再也装不下她的任何一句话。目光深处只有她所不熟悉的惊愕与恐惧。慢慢地，他回过神来。

"你说得没错，"他总算开口了，"没错。这事儿不能急。他们能把我怎么样呢？你说得对。我明儿肯定不能去。后天也不能。你说得对。我非得收到那封信不可吗？我就不能碰巧出去散步了，邮差没找到我吗？我就不能碰巧病倒了吗？不对——我已经给邮差签收了。可这没关系。你说得对。要三思而后行！你说得对。说得对！"

他站起身来，开始在房间里来回踱步。"你说得对，对极了。"他机械地重复着这句话，可是看起来并不相信它。"你说得对，你说得对。"他心不在焉、面无表情地重复道。她觉得，他的心并不在这里，而是在很遥远的地方，在另一个国家，在战火的地狱里。她再也无法忍受他一直嘟囔这句"你说得对"了，轻声离开了房间。在门外，她听着他好几个小时都在房间里走来走去，仿佛被困在地牢里的囚徒。

晚饭他动也没动。他身体里有什么东西已经死了，不在这里了。只是在深夜的时候，她才感觉到他那活生生的恐惧——他紧紧地抱住她温暖柔软的身子，浑身滚烫、簌簌发抖地搂着它，仿佛那是他的逃生出口。然而她知道，这不是爱情，而是逃避。他在痉挛中亲吻她，她尝到了一滴泪水，咸而苦涩。然后他就一动不动地躺在一旁。她不时地听到他痛苦地呻吟的声音。这时她就会伸手握住他的手，他紧紧抓着它，仿佛那是他最后的救命稻草。她一言不发，只有一次，当她听见他在啜泣的时候，出声安慰了他一下："你还有八天呢，不要再想了。"然而她为自己这句话感到羞耻，因为她通过冰冷的手掌和跳动不已的心感觉到，此时此刻，他的整个生命都系于这唯一的想法，而她居然要他想点儿其他的。没有任何奇迹能让他从中解脱出来。

这间屋子里，缄默与黑暗从没有如此沉重过。整个人世的恐怖都冰冷地聚集在四壁之间。只有时钟还在不停地嘀嗒响着，这个铁一般的卫士，马不停蹄地往前走着。

而她知道，它每走一步，身边这个活生生的、她一直爱着的人就会离她远一点儿。她再也忍受不住了，从床上跳起来，一把抓住了钟摆。现在，时间消失了，只剩下恐怖与静默。他们两人一句话也不说，紧靠对方的身体躺着，就这样醒着进入了新的一天，心里各种想法七上八下，从未停息过。

　　这是一个迷蒙的冬日早晨，大片寒雾在湖面浮动。费迪南坐起了身，匆匆披上衣服，从一个房间徘徊到另一个，然后又走回来，直到最后拿起大衣和帽子，悄悄地打开了大门。后来他还记得，自己的手在碰到冰冷的门把手时抖得很厉害，离家之前他还害怕地扫视了一眼周围，担心有人在监视他。他的狗真的就像见到蹑手蹑脚的小偷一样朝他扑来，只在认出他的那一瞬间才温柔地俯下身，接受他的抚摸，在他身边蹦来蹦去，急切地想要一起走。可是他用一个手势阻止了它——他不敢说话。接着，费迪南顺着山边小径跑了下去，完全没有意识到自己跑得多么匆忙。他时不时停下来，透过大雾遥望自己的家，然后便重新鼓劲往前走，一路狂奔，险些绊到石头跌倒，仿佛有谁在猎杀他。他一直跑到车站才停下来，湿透了的衣服里渗出一股蒸汽，额头上满是汗水。

　　站在那里的几个农民和小孩认出了他。他们和他打招呼，其中几个心情还不错，想和他寒暄几句，可他退缩了。这个关头还和别人聊天，他感到羞耻与恐惧，可是在湿漉漉的铁轨前等车又让他空虚得痛苦。他下意识地站上一台投币式体重秤[1]，往里扔了一个硬币，在那面镶有指针的读数表镜面上呆呆地望着自己苍白、大汗淋漓的脸。他从秤上走下来，硬币落在机器里丁零作响的时候，才发觉自己忘了读数。"我疯了，我疯了。"他喃喃自语。此刻，他是那么害怕自己。他坐回到长椅上，竭尽全力让自己头脑清醒一点儿。可这时他身旁的信号铃响了，他一下子从椅子上跳起来。不远处，已经能看到蒸汽火车头呼啸而来。火车隆隆进站，他上了其中一节车厢。地上躺着一份脏兮兮的报纸。他把它捡起来，失神地盯着上面的字，完全不知道自己读了些什么，只看见自己拿着报纸的双手在不停颤抖。

车停了，这一站是苏黎世，他跌跌跄跄地下了车。他知道自己要去哪里，同时也感觉到自己的意志在抗拒，只是越来越无力。他还想在什么地方试试看，看看意志力能不能让身体停下来。他站在一张海报前，为了证明还能支配自己的身体，逼着自己从头到尾把上面的字读

---

1 投币式体重秤：在 20 世纪初期的德语国家，车站候车处经常设有投币式体重秤，供等车的乘客自测体重，打发时间。一直到 21 世纪最初十年，少数的德国和奥地利的站台还保留了这样的设备。

一遍。"不用着急，还有时间。"他低声对自己说，然而话还没到嘴边，他的身体就已经急不可耐地往前飞奔。他身体里有一种焦灼的恐慌，一种不耐烦，仿佛马达一样推着他往前走。他惊慌失措地想截住一辆出租车。出租车来了，他叫住了它。他就像一个投河自尽的人，把自己甩进车里，嘴里说出了那个地址：领事馆大街。

车开动了。他往后一靠，闭上了双眼。他觉得自己正在驶向深渊，车子风驰电掣地带他走向命运。然而，在这高速移动中，他又感到一阵狂喜——自投罗网的感觉真好。想着想着已经到了。他付了钱，下了车，走进电梯间，在机械上升的过程中又感到某种快感。仿佛在做这件事的人不是他自己，而是那个无形的、无法触摸的、逼他向前的权力。

领事馆的大门关着。他按了按门铃。没有回应。他心里一热，冒出一个念头：回去，快回去，快离开这个地方！可他的手又按了一次门铃。里面窸窸窣窣地传来一阵脚步声。一个使役步骤烦琐地把门打开，他穿着衬衣，手里拿着一块抹布。显然，他正在打扫办公室。"您有何贵干？"他没好气地问。"领事馆……我……我接到通知……要来领事馆。"费迪南支支吾吾地说道，在一个用人面前语无伦次，让他感到很羞耻。

使役仿佛受到了侮辱，粗鲁地转过头去："您没看见底下标示上的字吗？'办公时间：上午十时至十二时'，现在还没人上班呢。"还没等费迪南回答，他就砰的一声把门关上了。

费迪南呆呆地站在那里，吓了一跳。无穷无尽的耻辱涌上他的心头。他看了看表，七点十分。"我疯了！我真的疯了……"他喃喃道。末了，他顺着楼梯，像个古稀老人一样踉踉跄跄地走下去。

还有两个半小时——这段没有生命的时间对他来说简直毛骨悚然，因为他感觉到，每流逝一分钟，身体里的力量就减少一分。其实他现在已经做好了准备，全身紧绷着等待应战，每一个细节都已经考虑到位，要说的每一个字都蓄势待发，每一个场景都预先设计过。然而，在他和他那准备迎战的力量之间，却突然落下一道两个半小时的铁幕。他惊恐地感觉到，身体里积聚起来的能量正在消逝，词语正一个接一个地跳出记忆，准备好的话接二连三地逃跑。

他原本是这样盘算的：进了领事馆之后，要马上求见那位他认识的负责兵役事务的官员。之前，他们曾经在友人的聚会上有过一面之缘，并寒暄过几件无关紧要的事。无论怎样，他察觉到此公性格的另一面——他骨子里是个贵族，举止优雅、精于社交，而且很在意维持自己那慷慨大度的形象，出手阔绰、不拘小节，总之就是不希望别人把他当成小公务员。他们这样的人都有种虚荣心，想把自己看成外交官，想在别人面前散发魅力，显示无限的自信。

费迪南正是想利用这一点。首先，他要请求会见他，表现出社交场上的礼貌客气，然后泛泛地聊几句，顺便问候其夫人的安康。这位主管官员肯定会请他落座，给他上支烟，见到他一言不发的样子会礼貌地询问："请问我有什么能帮您的呢？"他必须主动问他，这很重要，决不能忘。然后，费迪南会平静又冷漠地回答："我收到了一封公函，要去指挥部 M 接受征兵体检。这里面肯定是有什么误会，我当时明明已经被评定为健康状况不及格。"他会不带感情地说出这些话，对方马上就应该察觉到，入不入伍这件事对他来说根本无足轻重。主管听了之后就会——他知道，他办事很随性——拿起公函，向费迪南解释，这是为当初体检不及格的人员重新安排的一次体检，他应该早就在报纸上看到了相关消息才对，那些之前没入伍的人现在要再次接受检查。听到这个解释后，费迪南可以耸耸肩，然后不带感情地说道："原来如此！我平时不读报，因为工作繁忙，没有时间。"主管马上就会看出，对于这场战争，他是多么无所谓，多么自信，多么果断，不受任何事的束缚。当然，主管还是会提醒他，他必须听从军队的命令，他个人对此事感到抱歉，可是军令如山，他还是得遵守云云……到了这个关头，就必须硬气点儿了。"我明白，"他会这样说道，"可是我现在不能停下手头的工作。我和一位先生已经着手筹划了一场我的生平画作展，现在我可不能违背自己的诺言，置他于不顾。"然后，主管官员就会建议他在领事馆医务处体检，或者推迟回指挥部体检的日期。

直到这里，事态的发展都尽在掌握。之后，会出现各种可能的情况。主管可能会理解他的诉求，那么费迪南就赢得了一点儿时间。要是主管真的礼貌地表示——一种冷冰冰的、顾左右而言他的、突然变得公事公办的礼貌——这件事不在他个人的职责范围之内，根据上面的要求无论如何不能允许他推迟体检，那么费迪南就要果断行动，先发制人。他会一下子站起来，走到主管的办公桌前，用一种发自内心的果敢、义正词严、不卑不亢地对他说："我明白并接受您的指示，可是我请求您把我的诉求记录在案：我本人鉴于工作与生意上的义务，无法马上执行入伍的号令，所以希望把它推迟三周，直到履行这个在道德上避无可避的责任。由此产生的风险，本人会全部承担。当然，我一分一秒也没有想过逃避对祖国的责任与义务。"这个句子他可是绞尽脑汁才想出来的，对此心里禁不住沾沾自喜。"记录在案""生意上的义务"——这听起来多么公事公办，实事求是！要是主管提醒他注意这个决定可能产生的法律后果，那就要让话锋更加锐利，面无惧色地将他一军："我了解我们国家的法律，也意识到我这样做的法律后果。可是君子一言，驷马难追，为了履行我对他人的承诺，我已经做好了历经万难的准备。"这话一说完，马上就严正鞠躬，结束谈话，头也不回地朝大门走去！要告诉这些人，他可不是什么只会等着别人打发他走的工人或学徒，而是一个有权利自己结束对话的人。

在他不安地踱来踱去的时候，这一幕已经在脑海中彩排了三次。整个对话的结构和拿捏的语调都让他喜不自胜，他巴不得马上就进去，像听到开场词的演员一样上台。只有一个地方，他不是十分满意——"我一分一秒也没有想过逃避对祖国的责任与义务"。在他说的话里头，必须要有点儿爱国主义的礼数，这是肯定的，为了告诉别人，他不是生性执拗，他当然承认入伍的必要性——在那些人面前也只能承认了——可是，这并非为了自己，而是为了祖国着想。"对祖国的责任与义务"听起来太文绉绉了，像是从什么地方抄来的。他想了想，或许应该改成"我知道，我的祖国需要我"。不行，这听起来比刚才的还搞笑。要不改成"我完全没想过要无视祖国对我的号召"。对，这听着好点儿。不，还是不行，这个部分他还是不满意。

他说得太谦卑了，应该少几分卑躬屈膝的意味才对。他继续苦思冥想。最好还是说得简单明白点儿吧："我很清楚我肩负着什么样的责任。"对，就是这样，这句话听着既客观，又发自内心，而且想怎么解读都可以，并且简洁明了。他可以像个大独裁者一样把这句话喷到主管官员的脸上："我很清楚我肩负着什么样的责任。"——听着几乎像威胁。现在，一切都准备好了。可是，他看了看手表，时间就是不肯走快一点儿，现在才八点。

他沿着大街漫无目的地走着，也不知道上哪儿去，于是进了一家咖啡馆，试着读一点儿报纸。可是他老感到上面的字在跟他作对，到处都是"祖国"，到处都是"义务"，这两个字眼让他头昏脑涨。他喝了一杯又一杯白兰地，想赶走喉头的苦味。他浑身痉挛地想着，怎么才能打发时间，于是便把那个想象中的对话又在脑子里过了一遍。突然，他摸到了自己的脸颊："没刮胡子，我还没刮胡子！"他飞快地冲进一家理发店，让师傅给他剪发、洗头、剃须，就这样打发了半个小时。然后他想到，自己看起来要优雅一点儿——在这么一个场合是必需的。那些当官的只会欺负穷鬼，对他们颐指气使；可如果你穿得漂亮体面，表现得精于世故、轻松自如，他们马上就会换一副面孔。这个想法让他陶醉，他去请人把上衣打理得整洁了一点儿，还买了一副手套。挑手套的时候他考虑了很久。黄色的手套看着太轻佻了，像赶时髦的富家大少爷戴的；珍珠灰更合适，看着稳重得体。

接着他就在大街上无所事事地游荡。在一个裁缝店的玻璃橱窗前，他打量了自己好久，把领带扶了又扶。他手里什么也没有，缺根手杖——对，他突然想到，拿着手杖能让他的到访显得更加潇洒随意，便马上跑到街对面选了一根。从店里出来的时候，塔楼大钟响了，十点差一刻。他在脑子里把整段对话又过了一遍。完美。最终版本："我很清楚我肩负着什么样的责任。"这句话会成为他话中的最强音。费迪南充满自信地上了楼梯，轻松得就像一个小男孩。

一分钟后，使役刚把门打开，他心里就开始压抑起来，因为，之前的那些盘算可能全都是错的。事情的发展并不像他期待的那样。他询问那位官员在不在，使役告诉他，秘书先生有客人，他得等一会儿。然后使役便用不怎么礼貌的手势给他指了指一排座位中的一把椅子——那里已经有三个面色阴沉的人在等着了。费迪南万分不情愿地坐了下来，充满敌意地感觉到，自己在这里只是一件需要完成的事务、一个案例而已。坐在他旁边的几个人互相讲述着他们那微不足道的命运：其中一个人的声音支离破碎、带着哭腔，他说他在法国被拘留了两年，这里的人又不打算资助他回老家；另一个人则埋怨哪里都没有人介绍一个岗位给他，他可是养着三个小孩呢。

费迪南听了冒起一股无名火：原来这里是排队等着施舍的。然后他又发现，这些小人物哭哭啼啼、畏畏缩缩的声音把他的脑子都搞乱了。他想再过一遍脑海中的对话，可那些人老在叽叽喳喳，总是想到一半就被打断了。他真想朝他们大叫："别吵了，你们这些下等人！"又或者从兜里掏出钱来救济他们。然而他现在意志已经瘫痪，只能像他们一样，手里捏着帽子，乖乖坐下来。另外，办事大厅里人来人往，让他头晕眼花，他担心会有什么熟人出现，撞见他在这里等待施舍，准备大门一开马上跳起来走进去，然而一直没人叫他的名字，他心中的希望开始熄灭了。他越来越清楚地意识到，在心里汇聚的能量彻底消散之前，一定要离开这个地方，马上就走，头也不能回。

有一次，他已经鼓起劲儿站了起来，对那个卫兵一样守着他们的使役说："我可以明天再来。"可是使役劝他少安毋躁："秘书先生马上就好了。"话音刚落，他的膝盖就软了下来。他被困在了这个地方，任何反抗都是徒劳。

终于，一位女士面带微笑地走了出来，她扬扬得意，倨傲地瞥了一眼坐在那里等候的人，这时使役叫道："秘书先生现在有空了。"费迪南一下子站起来，却发现自己把手杖和手套忘在了窗台上。可是太晚了，已经回不了头了，门已经打开，他的眼睛还在往回望，思绪还在混沌之中，脚却已经踏进了会客室。主管官员正在书桌边读着什么，他匆匆抬头，示意费迪南过来，朝他冷漠地微笑了一下，完全没有请他坐下的意思。"啊，是我们的艺术家先生，快请快请。"他站起身来，朝旁边的房间喊了一句，"请把费迪南·R先生的文件拿过来，前天刚到的，您知道吧，入伍征召令。"还没说完，他就重新坐了下来，对费迪南说："连您也要离开我们啦！希望您这段时间在瑞士过得还愉快。还有，您这身真是气派极了。"他一边说一边匆匆扫了眼文书递过来的案卷，"去指挥部M报到……对……没错……嗯嗯……没有什么问题……我已经请人开具了您的军人身份证明……旅费报销……这您不需要，对吧？"

费迪南呆若木鸡地站在那里，听见自己的唇间挤出几个字来："不……不需要。"主管在文件上签了字，然后把它递给了费迪南："本来您明天就该出发了，不过没必要这么匆忙。先让您的大作上面的颜料晾干了再说吧。如果您需要一两天打点行李，没问题，我会负责向上面传达的。祖国需要您，并不差这一两天。"费迪南觉得这是个什么笑话，他应该报以微笑才对，他吃惊地发现，自己的嘴角真的微微上扬了一下。说点儿什么，我得说点儿什么，他心里想道，不要像根木头一样站着。末了，他总算从嘴里挤出了一句话："有入伍征召令就行了吗……我不需要……护照之类的吧？""不不不，"主管对他笑笑，"您在过境的时候不会遇到任何麻烦。毕竟您之前已经报到过了嘛。喏，祝您一路平安！"他说罢向费迪南递过手。费迪南这才发现，自己已经被打发了。他两眼一黑，慌慌张张地摸索着走到大门那儿，喉咙里一阵恶心。"右边，出口在右边。"身后一个声音叫道。原来他走错了门，还没等他反应过来，主管就已经——他在意识模糊中觉得那个人轻声笑了一下——上前把出口的门打开了。"谢谢，谢谢……有劳您了。"他支支吾吾地挤出这几句，马上就对自己多余的礼貌恼火不已。

刚刚走到外头，使役就把手杖和手套递给他，他这时才想起："生意上的义务……记录在案。"这辈子他还从未像现在这样羞耻：他居然，他居然还彬彬有礼地说了"谢谢"！可是现在他已经没有心思去生气了。他面色苍白地走下楼，感到在走路的这个人已经不是他自己了。他意识到，那个把全世界踩在脚下的陌生的权力，已经毫不留情地逮住了他。

天快黑了他才回到家。脚底辣辣地发痛，因为这几个小时里他一直在街上乱转，三过自己家门而不敢入；

最后，他试着穿过葡萄园，抄了条隐秘的小路溜回家。可是，那只忠心耿耿的狗已经发现了他。它发狂似的吠叫着向他扑去，摇着尾巴热情地在他身边转个不停。他的妻子站在门边，他一眼就明白，她已经知道了所有的事。他默默无语地跟在她身后进了门，耻辱像山一样压在他的背上。

可妻子此刻异常温柔。她并没有看他的眼睛，显然是为了避免让他难受。她把冷肉端上饭桌，他顺从地坐下来的时候，她走到了他的身旁。"费迪南啊，"她说，声音颤抖不已，"你病了，现在你听不进任何人说的话。我不会责怪你，因为做出决定的并非你本人，而且我也知道，你受了多少苦。可是，答应我，以后在这种事情上不要不和我商量就行动。"

他一声不吭。妻子的声音越发激动起来：

"我以前从来不插手你的事，这可能也算是我的骨气吧，我想让你拥有做出决定的全部自由。可是现在这件事不仅仅关乎你自己的人生，也关系到我的人生。我们斗争了那么多年才过上幸福的生活，我是不会那么轻易地把它拱手让人的。我不像你，我不会把自己的幸福交给国家，交给杀戮，更加不会交给自己的弱点与虚荣。不，我不会给任何人，你听好了，不给任何人！在别人面前，你很软弱，可我不是。我知道我在说什么。我是不会放手的。"

他依然一声不吭，这奴隶一般充满罪疚的沉默渐渐使她恼火起来。"我是不会把任何东西交给一纸空文的，我不承认任何以谋杀为宗旨的法律，那些小官僚不能让我折腰。你们男人现在都被意识形态毒害了，你们就想着政治和伦理，可我们女人呢，我们还坚守着自己内心的情感。我知道祖国是什么，可我更清楚它今时今日意味着什么：谋杀，还有奴役。当然，我们是国民的一分子，可是当国民失去理智的时候，我们必须和他们划清界限。你可能觉得自己对国家来说只是一个数字、一个编号、一件工具、一撮炮灰，可我还清楚地感觉到自己是个活生生的人，所以我拒绝把你交出去。我不会放手的。我从来都不允许自己那么放肆，为你做决定，可是现在，保护你不受伤害是我的义务；在今天之前，你还是个头脑清醒、能为自己负责的人，你一直知道你要什么，可是现在你没有自己的意志，是一台只会服从命令的机器而已。你已经神经错乱了，马上就要散架，与其他千百万受害者没有任何区别。你已经被洗脑了，马上就会自投罗网，可他们忘了还有我呢，我从未像现在这么强大。"

　　他沉默着，蜷缩在自己的内心，已经无力反抗，无论是对那些人，还是对她。

　　她一下子站起来，就像要上战场的人一样，全副武装，语气坚定、强硬，一触即发。

"大使馆的那些人是怎么说的？我想知道。"这听起来俨然一个命令。他精疲力竭地拿出那份文件，递给她。她读的时候眉头紧皱，咬牙切齿，然后轻蔑地把它扔到了桌上。

"那些大人可真心急呀！明天就出发！你是不是还感谢他们了，脚跟一碰，恭恭敬敬地立正？'请明天前来报到。'前来报到？是前来为奴吧！不，事情还没有到那个地步！还早得很呢！"

费迪南站了起来，脸色惨白，一只手痉挛地抓住沙发椅的扶手。"葆拉，我们不要自欺欺人了。时间已经到了！人不能随心所欲地活着。我已经试着反抗了，可是行不通。我——我就是这张纸。哪怕我撕掉它，依然改变不了我就是这张纸的事实。不要让我为难，这里根本没有自由。每时每刻我都能感觉到那边有什么在呼唤我，向我伸出手来，拉扯我，抓住我。在那边，我甚至会轻松点儿，毕竟在牢狱中也有某种自由。只要我还在外面躲来躲去一天，我就不得安生，毫无自由可言。而且，为什么总要往最坏的方面想呢？第一次他们就放我回家了，为什么不会有第二次呢？又或者他们根本不会让我上战场，我甚至肯定他们只会交给我一些轻松的活儿。为什么总往坏处想呢？可能事情并没有我们想的那么严重，可能我会抽到上上签。"

她的态度依然强硬。"这不是重点，费迪南。重点并不是你分配到了轻活还是重活，而是你是不是真的要做违心的事，去服从那些你厌恶的人，去参与这桩世界上最大的罪行。因为，不反抗就意味着成为帮凶，而你是能反抗的，这才是重点。"

"我能反抗？不，我不能！我再也反抗不了了！以前，我厌恶荒唐的事，憎恨与愤怒使我强大，可如今，它只会压得我喘不过气来。不要再折磨我了，求求你，不要再折磨我了，什么也别跟我说了。"

"不是我要跟你说。你必须自己告诉自己，这些人根本没有权利命令一个有血有肉的人。"

"权利？还权利呢！现在的世界哪里还有权利可言？人类自己把它给消灭了。没错，每个人都有自己的权利，可是那些人，他们有的可是权力，这就是全部。"

"为什么他们就有权力了？还不是你们双手交出去的？你们懦弱，因此他们有了权力。人类口口声声说的权力的怪兽，实际上只由一个国家的十个人的意志所构成，这十个人可以催生权力，当然也能摧毁它。一个人，一个活生生的人，只要他有勇气否认，权力就会倒地身死。可是，如果你们一直战战兢兢，安慰自己说或许我会没事呢，只要我会躲就能从他们指缝间溜走，没有必要和他们对着干，那么你们就永远是奴隶，永远不配有更好的命运。如果你还是个男人，你就不能逃跑；你必须说'不'，而不是任人宰割，这才是你的义务。"

"可是葆拉……你在想什么呢……我该怎么做……"

"你应该拒绝，如果你的内心想拒绝的话。你知道，我爱的是活着的你，自由的你，工作的你。你今天如果跟我说，'我要去前线了，我要拿枪跟他们谈权利，这是我的使命'，那我会理解的，我会直截了当地跟你说，去吧！可你现在根本就不是这样，你只是在服从一个你自己都不相信的谎言罢了，因为你懦弱，你神经质，你想大难不死，这样的你只能让我鄙视，对，我鄙视你！要是你真的作为众生中的一人，想为自己的信仰而战，我不会拦你。可你现在只想成为奴中奴、兽中兽，这样我就只能厌恶你。人可以为自己的信念而死，可是不能为了别人的疯狂而活。要是那些为祖国献身的人，心里都只是想着……"

"葆拉！"他不由自主地站起身来。

"我是不是说得太直接了？你是不是已经感觉到身后的那根军棍¹了？不要怕！我们还在瑞士呢。你心里其

---

1 军棍：旧时军营中的一种用于指挥与惩罚的刑具，上级军官会不时用棍击的方式喝令下级服从他的指令。

实只有一个愿望，就是想我闭嘴，或者要我对你说，你会平安无事的。不过现在我们真的没有时间多愁善感了，现在这件事关乎你与我的全部。"

"葆拉！"他又一次想打断她的话。

"不，我是不会怜悯你的。我当初选择的是自由的你，爱上的是自由的你。我鄙视懦夫，讨厌自我欺骗的人。我为什么要怜悯你？对你来说，我究竟算什么？一个士官随便在一张纸上涂几个字，你就对他俯首称臣了。你想一把丢开我，然后又捡回来吗？那我是不会接受的。现在做决定吧！选他们，还是选我？！你要蔑视他们，还是要蔑视我？我知道，如果你选择留下，我们会背负沉重的命运，我再也见不到自己的双亲和姐妹了，他们不会放我们回国。不过我已经做好了思想准备，只要你留在我身边，就没问题。要是你选择了他们，那我们现在就一刀两断，永远不再往来。"

他痛苦地呻吟着。可是她眼里闪烁着愤怒的火光。

"选我还是选他们？没有第三条路！费迪南，现在还有一点儿时间，你回去好好想想。我一直为我们没有孩子而难过，可是今天我第一次对此感到高兴。我可不想怀上一个懦夫的儿子，更不想等你战死之后独自抚养他成人。我之前从来没有对你这么坦白过，因为我不想让你为难。可是我现在告诉你，没有彩排，走了就是走了，我们这一别将是永别。你就抛弃我吧，到部队里去，穿上你的制服去杀人吧，你回不了头了。我不想和一群罪犯一起分食你，我不会把你分给这个吸血鬼国家。选你的祖国，或者选我——自己决定。"

她走向大门，把它砰的一声在身后关上，费迪南还愣在原地，全身颤抖不已。寒战贯穿了他，直入骨髓。他只能坐下来，缩成一团，大脑麻木，不知所措，把头埋在一对捏紧的拳头里。最后，他终于忍不住了，像个小孩一样大哭起来。

她整个下午都没再走进房间，可他感觉到她的意志就在外头，充满敌意，坚不可摧。但他也感觉到另外一个意志，像钢铁齿轮一样冰冷，碾压着他的心脏，把他推向前。有时他想好好梳理一下混乱的思绪，可是根本集中不了精神，他麻木地坐在一边，看似沉思默想，实际上最后一丝冷静都化成了火烧火燎的不安。他感觉到，自己生命的两端都被超常而强大的力量拉扯着，心里只希望它马上碎成两段。

为了让自己有事可做，他在桌子抽屉里翻来找去，盯着这些信件，撕了那些信件，然而一个字也看不进去，只能在房间里踱来踱去，忐忑不安地站起坐下，筋疲力尽。突然，他发现自己的双手在无意识地收拾行李，甚至还从沙发底下把背包也拖了出来。他目瞪口呆地凝视着自己的手，它们竟会自己行动，不需要他的指令。双肩包突然就打包完毕，端放在桌子上，他见状不由得颤抖起来，肩膀像灌了铅一样沉重，仿佛背包已经跑到了他背上，携带着时间的全部重量。

门开了，他的妻子走进来，手中提着一盏煤油灯。她把灯放在桌面，圆润的身影颤抖着，落在收拾好的背包上。亮晃晃的灯光下，原本掩藏着的屈辱从黑暗中一跃而出。他支支吾吾地解释道："只……只是以防万一……我还有时间，不是吗……我……"可是妻子的目光仿佛石化了一般，僵硬、呆滞，一下子把他的话撕得粉碎。她目不转睛地凝视了他几分钟，牙齿紧紧咬住双唇，倔强又残忍。她的眼睛死死盯着他，可又轻轻地晃动着，好像下一刻就要晕倒。她好像有什么话要说，最后还是转过身去，肩膀轻轻抽搐了一下，头也不回地离开了他。

几分钟后，女仆给他送来一人用的饭菜。身边的座位空着，他不安地抬起头瞥了一下，那个残忍的记号便跃入眼帘：双肩背包就躺在那边的沙发椅上。他觉得自己已经离开了，已经走了，对这间屋子来说已不再存在。四壁黑黢黢的，灯光无法照亮四周；在屋外，在陌生的路灯下，燥热的夜使人窒息。远方，一切静默，天空无言地俯视着深渊，孤独感油然而生。他感到，身边的一切，无论是房子、风景、工作室还是自己的女人，都在分崩离析，最终葬在自己的身体里。他那原本波澜壮阔的人生突然干涸了，在它的四周别无他物，只有一颗扑通扑通地压迫着自己的心。他是那么渴望被爱，渴望善意，渴望温暖的话语。此刻他想，只要再有一句赞许和认同的话，他马上就会愿意回到过去。痛苦压倒了内心的不安，离别前狂风暴雨般的情感被一种孩子气的对柔情蜜语的渴望所取代。

他走到葆拉的房门前，轻轻碰了碰门把手。没动静，门上锁了。他胆怯地敲了敲门，没有回应。他又敲了一次，心脏随着敲门声怦怦直跳。可是没有人应声。现在他懂了：一切都完了。一阵寒意袭上心头，他熄了灯，穿上外套，躺在沙发上，把自己裹在一张毯子里，身体里的一切都渴望坠毁，渴望遗忘。他再次屏息静听，好像听到了什么响动。他倾听着门那边的动静，木门呆滞不动，什么也没有。他的头又沉了下去。

突然，他感到底下有什么在蹭他，吓得跳了起来，可马上便感动得说不出话来。原来是他的爱犬，方才跟着女仆溜了进来，现在正躺在沙发底下，用背蹭着他，用温暖的舌头舔着他的手。爱犬那一无所知的爱让他动容，因为它来自一个已经灭亡的宇宙，是唯一还属于他的来自过去的东西。他俯下身来，像抱住一个人一样搂着它。他想，在这个星球上还有生命爱着我，不鄙视我，对它来说我不是一台杀人机器，也不是懦夫，而是一个和它通过爱血脉相通的人。他一再温柔地抚摸爱犬柔软的皮毛，它又往他这边蹭过来了一点儿，仿佛懂得他的孤独。两个生命轻声呼吸着，渐渐沉入了梦乡。

他醒来的时候头脑异常清醒，在镜子一般闪烁的窗外，清晨赫然而至，赤裸又纯粹，晨风带走了万物的黑暗，波澜不惊的湖面上点缀着远处群山的白色轮廓。费迪南跳起来，因为睡过头而有点儿头晕脑涨，看到桌上的背包却瞬间睡意全无。他一下子就想起了全部的事，然而，在明亮的日光下，一切却变得那么轻盈，那么无关紧要。

"我为什么这就打包好了？"他自问。

"为什么？我明明还不打算出发。春天不是才刚到吗？我想画画。没必要那么赶，大使馆的人都跟我说了，等几天再出发也不迟。连畜生都不会这么心急地想要任人宰割。我的妻子说得对，我这样做是在对她犯罪，也是在对我自己犯罪，对全人类犯罪。到头来我根本就不会有什么事的呀。晚入伍的话，可能要在牢里待那么几周，可是军营对我来说本来不就是监狱吗？我根本不是一个有雄心壮志的人。没错，在现在这个时候，拒绝为奴反而体现了我的崇高。我不想离开，我要留在这里。我要好好画下周边的风景，这样我才知道能带给我幸福的是什么地方。没画好之前，我是不会走的。我不会像头牛一样任人驱使。我不用着急。"

他从桌子上拿起背包，把它在空中甩了甩，然后扔到了角落里。对他来说，再一次感觉到自己身体的力量是件无比快慰的事。醒来之后，他的第一个念头就是想测试一下自己是不是还拥有独立的意志。他从信封里拿出那个文件，想要撕碎它。

然而，怪事发生了，军令的魔法再一次攫住了他。他打开信读了起来："兹请……"开头的几个字就扎进了他的心脏，仿佛那是什么不容反抗的命令。他感到自己动摇了，那不知名的东西又从他心底再冉升起。他的双手开始颤抖，刚才的力气已经灰飞烟灭。从什么地方刮来一阵寒意，犹如穿堂风，心里的不安节节升级，那陌生意志的齿轮开始运转，神经开始绷紧，压力传导到关节。他下意识地看了看表。"还有时间。"他喃喃自语道，自己也不明白这句话的意思，也不知道赶这趟早班车对他来说意义何在。又来了，有什么从身体内部撕扯着他，这神秘的力量，这冲走万物的潮汐，比以往更强大，因为这是挣扎的最后关头，同时还有恐惧——某种使人手足无措的恐惧，害怕自己会任人鱼肉的恐惧。他知道，如果现在没有人过来帮忙，他就会败下阵来。

他蹑手蹑脚地走到妻子房间的门前，充满渴念地聆听里面的动静。什么也没有。他胆怯地用指头在门上敲了敲，还是没有人应声。他小心翼翼地往下扳动门把手，门没锁，可是房间里空空如也，床铺狼藉不堪。他吓了一跳，轻声叫唤着妻子的名字，越是没有回应，他的声音就越是不安："葆拉！"然后他绕着整间屋子大喊，仿佛遭到袭击而尖声求救："葆拉啊！葆拉！葆拉！"四周一片沉寂。他踉踉跄跄地走进厨房，那里也被清空了。失去一切的预感此刻如寒战一般在他的心里得到确认。他步履不稳地上了楼，进了工作室，也不晓得自己要干什么，是要和它告别吗，还是想它挽留自己？不过这里也没人，甚至那条忠犬此刻也不见了踪影。全世界都抛弃了他，孤独突然狂暴地向他袭来，碾碎了他最后一点儿力量。

　　他穿过空荡荡的屋子，回到自己的房间里，一把抓起双肩包，此刻莫名觉得轻松，因为他在重负前彻底放弃了抗争。"都怪她，"他自言自语道，"都是她的错。为什么她要离开？她应该留在这里劝我，这是她的职责。她本来可以把我从我自己手上救出来，只是她不情愿了。她鄙视我。她不爱我了。她要我堕落，那我就堕落吧。我的鲜血会溅到她身上！都是她的错，不关我的事，是她一个人的错。"

在大门口，他再次回头看了一眼。他在等，等人充满爱意地呼唤他的名字，等人用拳头把他身体里那部听从指令的机器打得粉碎。然而没有人叫他，什么也没有。没有声音，没有动静。所有人都遗弃了他，他觉得自己正在落向一个无底深渊。突然，他心里冒出一个念头：再走十步远，走到湖边，从桥上一跃而下，投入那巨大的宁静之中，这样难道不是更好吗？

这时，教堂塔楼的钟敲响了，沉重而强硬。从他曾经爱过的明亮的天空中传来的呼唤，像鞭子一样抽打着他，将他惊醒。十分钟，还有十分钟就发车了，然后一切都会完结，彻彻底底完结，再也没有救赎。还有十分钟，可费迪南再也感觉不到这种自由，相反，他仿佛被什么人赶着那样，一口气向前冲去，跟跟跄跄，上气不接下气，被害怕失去什么的恐惧抽打着，越来越快地往前飞奔，直到在月台前面，他和一个站在栅栏前的人撞了个满怀。

他吓得魂飞魄散，背包从颤抖的手中滑落。站在那里的，是他的妻子。她脸色苍白，显然一夜未睡，眼神严峻而悲伤，直勾勾地盯着他。

"我就知道你会来的，我三天前就知道了。可我是不会放弃你的。今天一大早我就守在这里了，我会从第一班车等到最后一班。只要我还没死，他们就不能对你为所欲为。费迪南啊，你再好好想想吧！还有时间，这是你自己说的，为什么你要这么着急呢？"

他不安地看着她。

"不过……不过我已经登记了呀……他们在等我……"

"谁？谁在等你？奴役和死亡在等你，此外没有别人！费迪南，你醒醒吧，别忘了你是自由的，你是自由的，没人有权支配你，没人可以对你发号施令！你听好了，你是自由的，自由的，自由的！我会把这句话跟你说一千次，一万次，每时每刻都说，直到你也能感觉到自己是自由的。你是自由的，你是自由的，你是自由的！"

"求你了，"他压低声音说道，因为旁边有两个农民在路过的时候转过头看着他俩，"不要那么大声。别人在看着呢……"

"别人！别人！"她愤怒得大喊起来，"别人怎么样关我什么事？到时，你战死沙场或者被打残废了回家来，别人会帮我吗？我蔑视这些人，蔑视他们的怜悯，他们的好心，他们的感恩戴德——你，我只在乎你，我只要一个自由自在、有血有肉的你！我要你像一个自由人那样活着，这是天理，我不要你去当炮灰……"

"葆拉！"他试图让暴怒的妻子冷静下来。可她一把将他推开。

"请不要把你那懦弱又愚蠢的恐惧加在我身上！我

生活在一个自由的国家，我可以说我想说的话，我不是任何人的奴隶，我也不会让你成为别人的奴隶！费迪南，如果你真的上了车，那我就躺到铁轨上……"

"葆拉！"他再次一把抓住她。可她的表情是那么苦涩。"不，"她说，"我不想骗你。我或许也有怯懦的一天。数以百万计的女人，眼睁睁地看着自己的丈夫和儿子被拉上战场，却那么懦弱，不敢反抗，不去做她们应该做的事。我们是被你们的懦弱给荼毒了啊！要是你走了，我该怎么办？大哭吗？还是去怨天怨地，跑去教堂求上帝对你网开一面？或者应该去嘲笑那些没上战场的人？在我们这个时代，什么都有可能发生。"

"葆拉，"他握住她的手说，"为什么你总要让我为难呢？这明明是避无可避的事。"

"难道我要让你易做吗？不，我必须让你难做，我要让你为难，就要让你为难，我要竭尽全力，让你走不了。我就站在这里，你如果要向前一步，那就推开我，打我，踢我，否则我是不会让你过去的。"

发车的信号铃响了。费迪南站起来，脸色惨白而激动，伸手拿他的背包。可是葆拉把背包抢了过来，径直挡住了他的去路。"还给我。"他低吼道。"不！不可能！"她喘着粗气，与他争抢。农民们围了过来，看着他俩嘻哈大笑。四周的人声在不断挑衅着，放纵着，甚至连玩耍的小孩儿也跑过来凑热闹。然而，他和她还在从暴怒中汲取力量，抢着那个背包，仿佛那是一条人命。

就在这时，传来了火车的鸣笛声，列车缓缓进站了。突然，费迪南放开了背包，头也不回地飞奔过去，踉踉跄跄地越过一道又一道路轨，跑到其中一节车厢前，一头冲上车。四周爆发出一阵哄笑，农民们乐得不可开交。他们对费迪南大叫道："快跑快跑，要不她会逮住你的！""跳上车吧，快跳，她快抓住你了！"他们吼着，响亮的笑声就像耻辱的鞭子一样抽在费迪南的背上。此刻，列车开动了。

人群的笑声像雨水一样淋在葆拉的头上，她依旧站在原地，手里拿着背包，呆滞地望着加速前进的火车。他没有从车窗旁向她挥别，什么手势也没有。泪水一下子模糊了她的视线，她什么也看不见了。

他缩在车厢角落里，列车轰隆开动时不敢往窗外看一眼。高速行驶的火车使得窗外的景色化成无数的碎片，他所拥有的一切——无论是山上的小屋，他画的画，他的桌子、椅子、床，他的女人，他的爱犬，还有那许多幸福的日子，全都一去不返了。风景从窗外飞掠而过，他两眼发光，把自己投入到这宽广无垠的空间之中，那里有他的自由、他的人生。他有那么一种感觉，仿佛自己生命的动脉破裂了，自己也随之喷涌而出，留在原地的除了口袋里那张皱巴巴的白纸，别无他物。而他此时则要拿着这张纸，远赴那恶毒地朝他挥手致意的命运。

他只能麻木而迷茫地感受着发生在自己身上的事。售票员要他出示车票，他没有，只能像梦游一般报了目的地——一个边境地区，然后便不知所以地换了另一趟车。他身体里的那部机器有条不紊地替他完成了所有的事，他自己压根儿感觉不到任何痛楚了。在瑞士的边防站那儿，人们要他出示证件，他出示了。除了那张空无一物的纸，他已经一无所有。有时，他会感觉到内心深处有什么东西在喃喃低语，他身体里某种已经迷失的东西在轻声嘀咕，仿佛来自梦中："回去！你是自由的！你没必要这样做！"然而，他血液中的机器，那部虽然一语不发、却牵动着他神经和四肢的机器，却用它那句看不见的"你必须"推着他往前。

他站在通往他祖国的一个边境火车站的月台上。那边，在微弱的光线下，能清晰地看到跨在河面上的一座桥梁：那便是国境线。他涣散的感官试图去理解这个词的含义：在这边，人们还能活着，呼吸，自由地说话，做自己想做的事，认真地从事一份工作；可是八百步以外，一旦跨过那座桥，身体里的意志就会被抽走，仿佛一头畜生被挖空了内脏，在那边必须听从一些陌生人的命令，也必须把刀捅进另一些陌生人的胸膛。分隔这两个世界的仅仅是这一座小桥，这座在上百个木桩的支撑下连接两个横堤的桥。桥的两端各站着一个男人，身穿颜色不同的制服，手中拿枪，仅为了守护这么一座小桥。

他心里有什么沉重的东西在折磨着他，他觉得自己再也无法理智地思考了，可是思想依旧奔涌向前。这两个人，在这么一段木头上，到底要守护什么？为了不让人从一个国家跑到另一个国家，为了防止那个吞噬活人意志的国家的国民跑到对面的国家。而他呢，他居然想回到对面那个国家？对，没错，只是换了个方向，从自由跑向……

他的思想停滞了。关于国境的想法使他陷入了一种催眠状态。第一眼看到这两个穿着制服、百无聊赖地守着桥的士兵的时候，他就再也不能理解内心的某样东西了。他试着理清思路。现在在打仗，可只是对面那个国家在打仗——战争只发生在一公里，或者说离一公里还差两百米之外的地方。不，他突然想到，或许还要更近些，再少十米，在八百米减去十米之远的地方就是战区。他心里涌起一股疯狂的渴望，想要去度量战争，想看看这最后十米的泥土中是不是真的包含着战争的成分。这念头让他觉得好玩。在什么地方必定有一条线，一道分界。如果我到国境线那里，一只脚踏在桥上，另一只脚踏在这边的土地上，那会怎么样，我会成为什么样的人——是自由人吗？还是士兵？一只脚还套着市民穿的靴子，另一只则穿着军靴。各种各样的想法越来越孩子气地在他的脑海里嗡嗡打转。如果我已经在桥上了，可又马上掉头跑回来，那我算逃兵吗？桥下的河水呢，它是战争的河水还是和平的河水？河床上的什么地方会有一道线吗，分隔了两个国家的不同色彩？还有鱼呢，它们可以未经许可游到战区去吗？其他动物呢？他想到了他的爱犬。如果它也跟着来的话，那人们或许也要把它动员起来，要它负责运送冲锋枪或者在枪林弹雨中寻找伤者。感谢上帝，幸好它还在家里……

感谢上帝！他被这个念头吓了一跳，拼命摇了摇头。亲眼看见国境线的时候，他才感知到这条联系生与死的桥梁的存在，他身体里的什么东西觉醒了，不是那台机器，而是某种知识，某种反抗。他来时的火车还停在另外的铁轨上，只是火车头改变了方向，它那巨大的玻璃眼珠现在盯着它来的方向，准备把车厢都拉回瑞士。这种可能性对他来说就是一个提醒——他还有时间，他感到大脑中那条本来已经死去的神经重新搏动起来，对失去的家的思念开始觉醒，那个已经消失的人又在他体内活了过来。那边，在桥的另一边，他看到一个穿着陌生军装的哨兵——武器沉甸甸地压在肩头——毫无意义地踱来踱去,他觉得自己仿佛是那个陌生男人的镜像。此刻,他清晰地意识到了自己的命运,在醍醐灌顶的那一瞬间,他在命运中看到了陨灭。在他的灵魂里,生命在大声呼喊。

出发的信号来了,火车那强硬的转轮声粉碎了他内心的一切不确定。他知道,现在真的完了,要是他真的上了车,三分钟后就会驶完这两公里,从桥上开过去。而他知道,自己会上车的。再等一刻钟,就不用再冥思苦想自己的出路了。他头脑麻木地站在原地。

然而,火车并不是从他全身颤抖窥探着的那个远方驶来的,而是相反,它从对面的桥上轰轰隆隆地驶了过来。整个候车大厅一下子人潮汹涌,人们从里面冲了出来,女人们尖叫着,跌跌撞撞地推挤向前,瑞士的士兵匆忙维持秩序。这时突然响起了音乐——费迪南听着,满脸惊愕,几乎不敢相信眼前发生的事。可是这响亮的乐声——毋庸置疑——是《马赛曲》。为迎接对面来自德国的火车,响起的居然是敌国法国的国歌!

火车轰隆着驶进站台,喷着蒸汽,最终停了下来。车厢门被猛地推开,里面的人一下子冲了出来,他们脸色苍白,蹒跚着走了下来,眼里却散发出狂喜的光芒——穿着军装的法国人,受伤的法国人,他祖国的敌人,敌人!好一会儿他才如梦初醒般明白了,这些人是用火车从对面运回来作为交换的受伤的战俘,他们被从战俘营中解放了，被从战争的疯狂中拯救了。而他们也意识到了这一点，所有人无不感受到了自己的自由；他们在怎样地挥手欢笑啊，哪怕有些人微笑时肌肉还会隐隐作痛！有个挂着木腿的人，踉踉跄跄地走了出去，用手挽住候车大厅的柱子，高声喊道："瑞士！瑞士！感谢上帝！"妇女们抽泣着跑到火车车厢的窗户前，直到她们找到自己的爱人……所有声音交织着，汇聚成一条泪水、欢呼与叫喊的河流，可是大家又是那么情绪高涨，欢呼雀跃，春风满面。音乐停了，这几分钟里只能听到各种尖叫与呼唤，感受到汹涌澎湃的情感。

慢慢地，车站开始沉静下来。人们结伴离开，轻声的喜悦和欢快的谈话把他们联系在一起。有几个女人还在呼唤着爱人的名字，在车站里到处乱转；护士们带来了饮料和礼物；重伤的士兵被放在担架上抬出去，脸无血色，身边簇拥着关心和安慰他们的温柔体贴的人。战争之苦的残余这时才显山露水：袖子里空空如也的残疾人、瘦得皮包骨的人和烧得遍体鳞伤的人。他们的青春只剩下一点儿残渣，不修边幅，韶华已逝。不过，所有人的眼睛都闪着亮光，心情平静地凝望着天空的深处——他们感觉到，这漫长的苦旅终于到了尽头。

费迪南站在这些始料未及的来客之中，大脑一片空白——在装着那张纸的胸袋下，心又开始有力地跳动起来。在人群之外的一个角落里，他看到一个无人等候的担架，便走到那个被欢乐的人群所遗忘的伤者身边，步履缓慢而又踉跄。那个人受伤的脸庞如石灰一般苍白，胡子拉碴的，被射伤的手臂无力地从担架上垂落下来，双眼紧闭，双唇毫无血色。费迪南全身颤抖起来。他轻轻地抓住那垂落的手臂，小心地把它放到伤者受苦受难的胸前。这时，陌生的男人睁开了双眼，看着费迪南，从那无人知晓的无尽的痛苦深处浮起一缕微笑，带着感激向他致意。

此刻，全身颤抖的费迪南像是受到了一阵雷击。他要干什么？他要这样去伤害一个人吗？他要拒绝对视自己的兄弟手足，要对他们报之以仇恨，要以自己的自由意志为代价参与这场巨大的杀戮吗？他这才感受到内心真实的情感，那台蛰伏在胸中的杀人机器一下被砸得粉碎，自由从中冉冉升起，极乐而崇高，摧毁了奴役之心。"永不！永不！"他心里一个原初的、一直不被承认的声音此刻在高声喊道。他倒了下去，在担架前缩成一团，啜泣起来。

周围的人向他跑过来，还以为他癫痫发作，马上叫了医生。可他已经慢慢站起身来，谢绝了医生的帮助，恢复了平静。他从钱包里掏出自己最后一张票子，把它放在伤者的床头；然后，他拿出那张纸，再一次缓慢地、神志清醒地读了一遍。末了，他把它撕得粉碎，把碎纸撒在月台上。人们看着他，就像看着一个疯子。可他已经不再感到耻辱了，只觉得自己痊愈了。音乐重又响了起来，而他内心响起的乐声比这还要嘹亮。

近夜时分他才回到家里。屋门关得紧紧的，里面一片漆黑，俨然一口棺材。他敲了敲门，门后响起了脚步声，来开门的是他的妻子。她看到他的时候吓了一跳，而他只是轻轻地扶住她，把她带进了门。他们一言不发，两人在幸福中默默祷告着。他走进自己的房间，画作在那儿，她把它们全都从工作室拿了下来，为了能通过他的作品离他近一点儿。看到此情此景，他内心泛起了无尽的爱意，这才明白，他这一次回来，拯救了多少东西。他轻轻握住她的手，什么也不说。爱犬从厨房里冲了出来，一下扑倒在他怀里。所有东西都在等待他的回归，他感到真正的自己从未离开此地，可又觉得自己像是一个刚刚从鬼门关回来的人。

他们依旧不发一语。不过，她轻轻地搂住了他，把他带到窗边。在外面，永恒的世界熠熠闪光，无际的天宇下是无尽的繁星，对迷失的人类那自寻的苦痛不为所动。他抬头望向星空，动容地意识到，对大地上的众生而言，没有任何律法能比得上他们二人的律法，没有任何东西比他们的结合更真切，更能约束他。妻子在他唇边幸福地呼吸着，他们的身体不时地因为感觉到彼此的存在而快乐地颤抖。然而他们还是沉默着，他们的心在万物那永恒的自由之中摇曳，摆脱了言语的混沌和人类的律法。

看不见的珍藏
德国通货膨胀时期的小插曲

　　德累斯顿刚过两站，一位年迈的先生上了我们这节车厢。他彬彬有礼地向同车的人打招呼，并对我举目颔首致意，仿佛我是他的一位老熟人。我第一眼并没有认出他是何许人也；不过，当他微微一笑道出姓名时，我马上就想起来了：他是柏林一位声名显赫的艺术古董商，战前我经常光顾他的店铺，购买古书或者名人真迹。我们就这样寒暄了一会儿。突然，他出其不意地对我说：

　　"我得告诉您，我刚刚从何处而来。因为，这个小插曲是如此奇特，在我从事艺术古董行业的这三十七年里，还未曾遇见过。您兴许也知道，我们这行在人们花钱如流水的当下是什么状况：暴发户们突然开始对哥特圣母像、古版书籍、老铜版画和画像心醉神迷；我们的收藏总是满足不了他们的惊人胃口，一不小心整间店铺就会被他们抢光买尽。他们巴不得把我们书桌上的台灯和袖口的扣子都买光。因此，目前古董货真是供不应求——请原谅我在这里把我们平时俨然圣物般对待的古董珍品当成货物来描述——不过只要和这些令人厌恶的暴发户打交道久了，一本美轮美奂的威尼斯古书也会变成一筐筐美金，一幅圭尔奇诺[1]的真迹也会成为一把把法郎大钞的化身。面对这些人突如其来的疯狂购买欲，任何反抗都是徒劳。一夜之间，我的铺子就被他们抢得空空如也。我巴不得关门闭户，免得被别人看到——我从祖父和父亲手里继承的古董店现在沦落为只有两三件破烂货的铺子，这是多么羞耻的一件事啊。这些被抢剩的东西，就连以前北方那通街叫卖的旧货商也不会瞅上一眼呢。

"为了摆脱这样的狼狈境地，我萌生了去看看旧账本的想法，或许在往日的客户当中有那么几位，我可以搞到他们家中古董的复本。这一长串的客户名单可谓'尸横遍野'，今时今日看来，他们并不能帮上我什么忙——大多数昔日的买家如今早已放弃拍卖洗手不干了，又或者已经驾鹤西去，那少数几位尚且在世的买家又无希望

---

1 圭尔奇诺：即乔万尼·弗朗切斯科·巴比里（1591–1666），意大利著名画家，绰号为圭尔奇诺，意为"斜眼的人"。

可言。然而此时，一捆信札映入眼帘，那是与我们家最老的一位客户的通信。他之所以在我的记忆中销声匿迹，是因为自从1914年世界大战爆发后，他再也没有向我们提出过买卖古董的请求。这些信件最早可追溯到六十年前——我丝毫没有夸张——在我祖父和父亲经营店铺那会儿，他就已经和我们家有生意往来了，不过我却想不起在我接手生意的三十七年间他哪怕有一次进过我们的店铺。

"所有线索都表明此公是一位不同寻常、思想守旧、性格乖戾的人，是门采尔[1]或者施皮茨韦格[2]画中的那些德国人中的一员，这些人后脚还在过去的世纪里，前脚才刚刚踏入我们的时代，只在某些偏僻的小村镇里才有零星的遗孤。他的字迹工整利落如书法，交易款额下方还用直尺量着画了红线以示强调，而且他总是把数字重复写两遍，防止读信的人看错看漏；此外，他居然还使用旧纸张自制的信封。凡此种种表明他是一个斤斤计较、节约成性的无可救药的乡巴佬儿。所有这些奇特的文件

---

1 门采尔：即阿道夫·弗里德利希·艾尔德曼·冯·门采尔（1815-1905），德国油画家和版画家。
2 施皮茨韦格：卡尔·施皮茨韦格（1808-1885），德国浪漫主义画家及诗人。他与门采尔都是毕德麦尔时期的画家，画作以保守、世俗、市民生活主题为特色。

在署名的时候还无一例外地加上了各种烦琐的头衔：前林业与经济局顾问暨前少尉、一级铁十字勋章获得者某某。这位参加过上世纪70年代战争的老兵，要是还活着，估计也八十有余了。然而，这个生性怪僻、行为可笑的铁公鸡，在收藏旧版画方面却品位不俗，展示了非凡的见识和门道。在细细查看他将近七十年的订货单之后——最初的订货单用的货币还是普鲁士时代的格罗申银币——我意识到，在那个一塔勒就能买到六十幅最精美的德国木雕版画的时代，这无名的乡下人居然不声不响地购置了一系列铜版画收藏品，它们就算和今天那些被暴发户吹上天的传世精品相比，也毫不逊色。他在这半个多世纪里小笔小笔地从我们店购入的藏品，放到今时今日可谓价值连城。而且可以想象的是，此公除了我们家的珍藏，肯定还在其他古董店或者拍卖行购入了大量价廉物美的艺术品。不过，自1914年以来，我们再也没有收到他的订单，根据我从事艺术品交易多年来的经验，他不大可能会把自己的那一堆收藏品拿去拍卖或者私人转卖。因此可以推测，他很可能依然在世，且收藏品还在他手上；或者他已故去，而藏品由他的继承人持有。

"这批收藏品让我兴致大发。翌日，也就是我和您相遇的前一天，我就出发赶到了这个在萨克森州随处可见的寒碜不堪的小城镇。从小镇的火车站出来走到主街上，我越发觉得荒谬——在这里，在这一堆俗不可耐的民族风的小房子和住在里面的小市民之中，在这众多的房间里，真的有一个人收藏了伦勃朗的绝代珍品与丢勒和曼泰尼亚[1]的全套版画吗？令我震惊的是，我在邮局问到有没有这样一位退休的林业与经济局顾问的时候，那里的人告诉我，他还真的健在。于是，我——老实说，心里难免有几分激动——当天上午就决定去拜访这位先生。

"我毫不费力就找到了他住的地方。它位于一栋简陋的乡间住宅的二层，这栋住宅兴许是上世纪 60 年代某位见机行事的建筑师草草盖就的作品。一楼住了一个裁缝，二楼左侧挂着一个邮政顾问闪闪发亮的门牌；我在右侧尽头总算找到了写着林业与经济局顾问名字的陶瓷牌子。我迟疑地摁了摁门铃，过来开门的是一个满头银发、戴着干净的黑色女式小帽的老妇人。我向她递过我的名片，询问林业与经济局顾问现在是否方便见客。她满脸惊愕和狐疑地看了看我和我递过的名片，在这么一座几乎与世隔绝的小城镇里，在这幢老旧落伍的住宅里，我的来访无疑是件大事。她友善地请我稍等片刻，拿起名片就转身走进了房间。我听见她正在对谁喃喃低语，然后突

---

1 曼泰尼亚：安德烈亚·曼泰尼亚（1431–1506），意大利帕多瓦画派文艺复兴画家。

然传来一个洪亮如雷的男声：'啊，是柏林的 R 先生，那家大古董店的店主……快请快请……荣幸之至！'话音刚落，老妇人便回到我跟前，把我带进了一间漂亮的房间。

"我挂好衣帽，走了进去。在这间简朴的房间里，可见一个年事已高、依然身姿矫健的男人，留着浓密的唇髭，身穿一件绑腰的、半军装样式的睡袍，正友好地朝我伸出手来。然而，这一明确无误的欢乐又坦荡的欢迎当中却有着某些不和谐的地方——他站着时那僵硬的姿态与这友好轻松的手势格格不入。他的手已经伸出，却没有朝我迈一步，相反，我必须主动走向他，握住他的手——这不禁令我大吃一惊。然而，正当我想握住他的手的时候，我从它们那僵直的、纹丝不动的姿势中察觉到，这位先生并没有在寻找，而是在等待我伸过去的手。我一下子就明白了：他是个盲人。

"自小时候起，我就觉得和一个盲人面对面站着是件让人不安的事。我总是克制不了自己内心涌上来的羞耻与尴尬，因为对我来说，知道他并不能像我感觉他一样感觉我，同时还要把他当作活生生的人看待，是件非常困难的事。哪怕是现在，望向林业与经济局顾问浓密灰白的眉毛下那对盯着虚空的死眼时，我差点儿就压抑不住内心最初的惊恐了。不过面前的这个盲人并没有让我惊慌太久，一碰到我的手，他就有力地握了握它，并再次向我发出那雷鸣般的、友好明亮的问候。'稀客啊,'他对我粲然一笑,'真让人难以置信……是什么风把您这位来自柏林的尊贵的先生吹到了寒舍……不过,当然,面对您这样的艺术古董商,我肯定要小心谨慎一点儿……我们这儿有句老话,走家串户茨冈人,闩门闭窗须谨慎……没错,我大概已经料到您来找我的目的了……在我们这经济不景气的德国,古董生意不好做啊……找不到买家的古董商们纷纷查看旧账本,想看看以前的主顾里有没有待宰的羔羊……不过,恐怕您在我这儿是不会有什么收获了,我们这些一穷二白的退休老人,只要桌子上有块面包,心里就满足啦。您各位开的天价我今天是不会接受了……我这样的人已经决定毕生洗手不干了。'

"我马上辩解说,他误会我的来意了,我并不是来向他推销东西的,只是我今天恰好在附近办事,于是借此机会过来拜访下我们店多年的老主顾和全德国最杰出的艺术品收藏家而已。一听见我说'全德国最杰出的收藏家',这位老者脸上就发生了奇妙的变化。虽然还是像之前一样在房间中央僵直地站着,他的体态中却突然浮现出发自内心的骄傲与欢乐。他转向估计是他妻子所在的那个方向,好像要对她说'你听见了吗',接着转身对我说话,声音里充满了喜悦,先前那军营式的粗暴语气已经不知所终。他温柔地,几乎是脉脉含情地对我说:'非常谢谢您的赞赏……不过您今天也不能白来一趟。我想请您看一些哪怕在阔气的柏林也看不到的珍品……一些举世佳作，就算在维也纳的阿尔贝蒂娜博物馆和该诅咒的巴黎也看不到的佳作……没错，如果像我一样收藏艺术品长达六十年，那么总能搜罗到一些平日街头见不到的名作精品。露易丝，把柜子的钥匙给我！'

"这时发生了一件始料未及的事。那位先前一直礼貌地站在一旁、眉眼带笑、友善地聆听我们谈话的老太太，突然哀求般地对我举起了双手，同时剧烈地摇了摇头，我一开始并没反应过来她是什么意思。接着，她走向她丈夫，把双手轻轻地搭在他的肩头。'不过，赫华特啊，'她劝求道，'你得问问这位先生是不是有时间看你的收藏呀，毕竟现在都已经中午了。而且午饭之后你要休息一小时，这可是医生千叮万嘱的。要不这样，你在饭后再给先生看你的收藏品，我们待会儿一起喝点儿咖啡？那时安娜玛丽也会在，她比我懂得更多，知道怎么帮你。'

"话音刚落，她又越过对此一无所知的盲人的头顶，做着那个激烈的手势。现在我明白了，她是要我马上找个借口拒绝，于是我就编了一个赴午宴的约会，并表示，虽然我很高兴也很荣幸可以参观他的珍藏，不过在三点以前我恐怕无法脱身，在那之后则很乐意一饱眼福。

"老人愤愤不平地转过身去，就像一个被人从手里拿走了心爱的玩具的孩子。'当然啦，'他咕哝道，'您这种来自柏林的绅士，总是有事在身。不过这次您得抽空来看看，因为，我等会儿要展示给您的，不是那么三五件，而是总共二十七本，每本都专门用来收藏一位大师的作品，而且每本都是满满当当的。那么就说定了，下午三点见；不过您得准时，否则我们还看不完咧。'

"他再次朝我这边的虚空伸出手：'您得注意了，见到我的珍藏，您可能会喜出望外——也可能会怒不可遏。不过您越是生气，我就越是高兴。天下的收藏家都是一样的，我有的东西，其他人只有看的份儿！'说罢他就用力地握了握我的手。

"那位身材娇小的老妇人送我到门口。我察觉到，整个这段时间，她都惴惴不安，尴尬与恐惧溢于言表。我们走到门前的当儿，她突然压低声音，结结巴巴地对我说：'要不……要不……我叫我女儿安娜玛丽等会儿接您过来？这样做比较好……出于某些特别的原因……您是在附近的饭店里用午餐吧？'

"'当然可以，我很乐意令爱接我过来。'我回答。

"事实上，一个钟头之后，我刚刚在镇中心广场的一家饭店里吃完午饭，就有一个穿着朴素、稍显老气的姑娘走进大厅四下张望，好像在找什么人。我走上前去，自我介绍了一下，并表示已经准备好去参观老先生珍藏的艺术品了。然而，带着一丝羞赧和与她母亲同样的尴尬神情，她恳请我在出发之前听她说几句。我马上就发觉，说这几句话对她来说并非易事。每当她鼓起劲儿准备诉说的时候，额头上就浮起一丝红晕，一只手不安地把玩着裙沿。末了，她总算结结巴巴地开了口，可是没说几句就乱成一团：'母亲叫我来接您……她把一切都告诉了我，而且……我们想恳求您一件事……在您动身去看父亲的收藏品之前，我们想告诉您……父亲当然满心希望您看他的收藏品……不过他那些收藏品……那些收藏品……并不是完整的……其中缺少了很多幅……很遗憾……缺了很多很多……'

"她再次深吸一口气，突然目不转睛地看着我，一股脑儿地把想说的都说了出来：'我必须坦诚地告诉您……您知道我们处在什么年代，您能理解这一切……父亲在战争爆发之后双目完全失明了。在那之前，日益减退的视力就让他心烦意乱，越是激动不安，他的视力就衰退得越是快——是这样的，他七十六岁时还想继续到法国参战，可是当听到德国军队并没有像1870年那样节节胜利的时候，他精神崩溃了，视力从此每况愈下。以前，他还很硬朗，可以在外走上几个小时，甚至去打猎。可现在他再也不去散步了，他唯一的欢乐就是每天盯着他的收藏品看……也就是说，并不是真的用眼睛看到了它们，他毕竟已经双目失明；他只是每天下午把那些文件包取出来，按顺序一幅一幅地触摸里面的收藏品，依照这几十年来养成的习惯……这些收藏品已经成了他现在唯一的兴趣，我每天都得给他读报纸上的拍卖行情，拍出的价格越高，他听了就越开心……因为……这是事情最可怕的地方，父亲不知道我们处在什么样的时代，也不知道价格为什么会水涨船高……他根本不知道，我们已经一无所有，只依赖他每个月那少得可怜的退休金，全家人连两天都撑不下去……雪上加霜的是，我的姐夫还战死沙场了，姐姐一人拉扯着四个孩子……可父亲对我们的经济困难一无所知。一开始我们只能省吃俭用，比以往还要节俭，然而一点儿用也没有。接着我们只好一件一件地变卖家里的东西——当然，我们最初并没有动他那些心爱的收藏品……我们把家里为数不多的首饰都卖掉了，可是，天啊，家里真的再也找不到可以换钱的东西了，因为父亲在这六十年来把每一个芬尼都用在购置他的名画上了。那一天终于到来……我们再也找不到可卖的东西……然后，然后……我和母亲就把父亲的一幅画卖掉了。父亲当然不会同意把他的画卖掉，不过他根本不知道我们当时有多么困难，他不了解，通过黑市交易赚那一点点生活费是多么痛苦的事。他其实压根儿就不知道我们输掉了战争，阿尔萨斯和洛林也丢掉了——

我们从不给他读报上的这些东西，为了不刺激他的神经。

"'我们最先卖掉的是伦勃朗的一幅珍贵的铜版画。买家开价几千马克，我们原以为靠这些钱可以久食无忧。不过您也知道现在的货币价值一落千丈……我们把钱存进银行，不到两个月就化为乌有。于是，我们卖了一幅又一幅，可是那个买家总是迟迟不付款，等钱到了的时候，它们早就贬得一文不值。然后我们试着拿画去拍卖，然而，哪怕几百万成交，还是被别人给坑了……因为，几百万款子到手的时候已经是一堆废纸。慢慢地，除了几幅最好的收藏品，我们把父亲的画统统都卖掉了，只为了勉强维持生计，而父亲对此一无所知。

"'所以，您今天来访的时候，母亲着实惊慌失措……因为……只要他在您面前打开那几个画夹，一切就会露馅儿……我们往他那凭触摸就能认出来的画框底板上塞进了原画的复制品或者类似的画，这样他摸到的时候就不会轻易察觉。毕竟，哪怕他不能像以前一样用双眼欣赏，光凭触摸和向人讲述（画摆放的顺序他已烂熟于心），父亲也能获得同样的快乐。更何况在我们这个偏僻的小镇，不存在一位父亲觉得有资格欣赏他收藏品的人物……他在幻想中如此热烈地爱着每一幅画，如果……如果他察觉到这一切早就易主，肯定会心碎的吧。自从德累斯顿铜版画收藏协会的会长过世之后，您是第一位父亲想向

之展示自己珍藏的人。所以，我想恳请您……'

"这个青春不再的女人突然向我举起双手，眼里闪烁着泪花：'求求您……不要让父亲心碎……不要让不幸再次降临到我们身上……求您，不要毁掉他那最后的幻影，请您让他相信，他向您介绍的每一幅珍藏依然完好如初……要是感觉到有什么不对劲，他一定活不过今天。可能我们的确对他做了很过分的事，可这也是生活所逼……都是人命哪，我姐姐那四个无依无靠的孩子，他们的命总比那些画更重要，不是吗……直到今天我们依然守口如瓶，为了不夺走他最后的一丝快乐；他天天下午都仔细翻阅每一幅画，还像对活人一样和它们说话。而今天……今天本来是他生命里最快乐的一天，因为他等了这么多年，终于可以向一个识货的人展示他的全部珍藏……我举起双手求求您，不要夺走他的这份幸福！'

"她的讲述是如此震撼人心，我在这里根本无法向您一一复述。上帝啊，作为一个古董商，我经常见到有人利用通货膨胀的契机，厚颜无耻地把一个人像狗一样骗得倾家荡产；他们用那么一个黄油面包的钱就把价值连城的、收藏了几个世纪的家族珍品给骗走了——不过，我现在面对的这个男人，是多么不同寻常地被命运所戏弄，想到这里我的心也隐隐作痛。我答应他女儿，一定竭尽所能，守口如瓶。

"我们一起向她家走去——在路上，她又提到那些古董商如何几乎不花一文钱就把这两个可怜的一无所知的女人骗光抢尽，我心里不禁怒火中烧，更坚定了要帮她们到底的决心。我们上了楼梯，门都还没敲，就听到房间里传来那个男人欢快而洪亮的声音：'请进，请进！'出于盲人机敏的听觉，他应该是早就听到了楼梯上的脚步声。

"'赫华特迫不及待要向您展示他的收藏品，今儿激动得连午觉都睡不着。'那位老妇人微笑着对我说。她女儿只是眼神示意了一下，她就如释重负地明白了我愿意帮她们的忙。那一堆画夹已经摊开在桌子上等候着了，我还没碰到老先生伸出来的手，他就二话不说一把抓住我的手臂，把我摁在沙发椅上。

"'好啦，我们终于可以开始了——要看的东西太多了，可来自柏林的先生们又惜时如金。第一个画夹里收藏的是大师丢勒的作品，而且，我马上就向您证明，这里收的可是全套——一幅比一幅精美。喏，请您亲自过目鉴赏一下！'说罢他就把画夹里的第一幅画展开——丢勒的《巨马》。

"他小心翼翼、满怀柔情地，像对待什么易碎品那样，用指尖轻轻从画夹里取出一个画框底板，里面框着的是一张发黄的白纸。他激动地把那张废纸举到眼前。他在看，看了好一会儿——尽管并不是真的看到了，可是他张开双手把白纸举到眼前的那热情洋溢的姿势，还有他整个绷紧的脸部肌肉，都在魔法般地展露一个观看者的神态。他的双眼，那陨灭的星星一般的瞳孔，突然闪过一丝亮光，犹如被镜子折射回来的光芒——这到底是纸张的反射，还是来自他身体内部的微光呢？

"'怎么样，'他骄傲地说道，'您有见过比这更美的版画吗？您看看这马的细节处理，锐利干练，毫不含糊，仿佛下一秒就要跑出画框——我把它和德累斯顿博物馆的版本对比过，后者真是疲软至极，淡而无味。上面还能找到先前收藏家的谱系！看！'——他把那张白纸翻过来，用食指分毫不差地指着背面的一个又一个位置。我忍不住探头细看，几乎真的相信那里会有什么纹章——'您看，这是纳格勒的收藏章，这儿是雷米的，还有艾斯戴尔的印章；这些显赫的收藏家们肯定死也不会想到，他们的珍藏有朝一日会来到寒舍。'

"我背脊一阵发凉。这个蒙在鼓里的老人满怀自豪地向我介绍一张张白纸，看着他用指甲尖精确到毫米地指出那些在幻想中依旧存在的看不见的收藏章，真是让人毛骨悚然。在惊恐之中，我的喉咙哽塞了，答不上一句话来；不过，当我不知所措地抬头朝那对母女看去时，又看到那个激动得浑身颤抖的老太太哀求着举起双手。

于是，我心一横，决定开始扮演自己的角色。

"'太绝了！'我终于结结巴巴地说道，'这画真是精美绝伦。'话音刚落，老人就因为骄傲而容光焕发。'不过这才刚开始呢，'他欢呼雀跃地说，'您快看看这幅《忧愁》，还有这幅《基督受难图》，都是精绘版，世上绝对找不到同样质地的第二幅。您看啊，这画。'——他一再用手指温柔地在幻想中的画像上方抚过——'色彩多么鲜丽，笔触多么温暖。哪怕是柏林的古董商和博物馆专家先生们看了也会拍案叫绝。'

"就这样，他继续旗开得胜地讲述下去，充满狂喜与迷醉，讲了足足两小时。不，我怎么也无法向您还原当时那种鬼魅的感觉，我和这个男人一起看了一两百张白纸，或者原画的那些粗制滥造的复制品。然而，这些一文不值的纸张，通过这个一无所知的可悲之人的记忆，通过他那巨细靡遗的描述和如数家珍的讲解，突然变得如此真实可感。这看不见的珍藏，这早已随风飞散的珍藏，对这个双目失明、蒙在鼓里的老人来说依然在那儿。而他那幻影般的激情是那么感人，我几乎都要相信眼前那些并非白纸，而是确实存在着的画作。只有那么一次，这位自信的梦游者差点从观赏画作的狂喜中醒来——他翻到了伦勃朗的《安提俄珀》（一幅试印的复制品，在当时的确价值连城），盛赞它锐利明朗的笔触，边说边用他那仿佛看得见的手指充满爱意地顺着画作的轮廓抚摸，按照脑海中的印象来勾勒它的线条，然而此时，这只触觉高度敏感的手，突然感觉不到原作那深浅有致的线条了，因为面前的只是一张陌生的白纸。老人的脸色一下子阴沉了下来，说话的声音也变得支支吾吾的。'这……这幅……是《安提俄珀》没错吧？'他喃喃说道，略显尴尬。我马上醒悟过来，一把从他手上拿过画框，装作兴奋不已地描述起它所有可能的细节来，就好像对我来说这白纸现在也成了一幅版画。这时，老人那紧绷的脸才舒缓下来。

"我越是赞不绝口，他那粗糙、衰老的脸上就越是浮现出愉快又真诚的神色，那孩子般的欢乐确实发自内心。'总算，总算来了一个懂行的人啦！'他高兴得大叫起来，满脸得意地朝妻子和女儿的方向转过头去，'终于，终于有这么一个人来向你们证明我收藏品的价值了。你们以前总是不信，总是责备我挥金如土。对啊，六十年来，我不抽烟、不喝酒、不旅行、不看戏、不买书，把能省的都省下了，就为了这些收藏品。不过，等我死了，你们也会有发财的一天，你们会因为我的收藏品而成为全城最有钱的人，甚至和德累斯顿的首富平起平坐，那时候你们就该开心了，你们就会因为我这辈子做的所谓傻事而感恩戴德。不过，只要我还在这世上一天，你们就休

想夺走我的任何一幅收藏品——想卖掉我的画，就先把我的棺材抬出去。'

"他一边说着，一边用手温柔地抚摸他那些早就空空如也的画夹，仿佛它们有生命——对我来说，眼前的这一切是那么可怕，又是那么感人，在战乱的这么多年来，我从未在一个德国人的脸上见过如此幸福的表情。站在一旁的那两个女人，和他手中丢勒的那幅版画是如此神秘地相似。在那里，也有一些女人，走过来瞻仰救世主的墓冢，她们站在那打开的、空空如也的圆拱形的墓前，满脸惶恐，然而又因目睹了神迹而洋溢着虔信的狂喜。画中的女信徒因为主的复活而喜笑颜开，眼前的这两个上了年纪、面黄肌瘦、可悲可怜、毕生过着小市民生活的女人则因为老人那孩子般的欢乐而喜形于色，她们半是欢笑，半是哭泣，这么震撼的一幕我这辈子还未曾见到过。不过，那位老者似乎听不够我的赞赏，依旧一幅又一幅地翻着画作，如饥似渴地啜饮我说的每一个字。

"最后，当那个骗人的画夹被推到一边，他心不甘情不愿地把桌面清出来放咖啡的时候，我如释重负。不过，和老人那满溢的、波涛汹涌的喜悦相比，和他仿佛一下子年轻了三十岁的自豪相比，我那充满负疚感的轻松感又算得了什么！他向我讲述了许多艺术品买卖投机方面的逸事，一次又一次地欠身把画作拿过来讲解，不要别人帮忙，他仿佛喝醉了一样喜气洋洋。末了，我向他告辞，他吓了一跳，像个任性的小孩子一样赌气，执拗地跺着脚说，不行不行，您连一半都没看完呢。两个女人各种劝说，要这个固执又不快的老头儿明白，我再不走的话，怕是会误了火车。

"最后，当他终于放弃反抗，准备送我走的时候，他对我说话的声音变得那么温柔又友善。他握住我的双手，以一种盲人特有的表达情感的方式，用手指一直抚摸到我的手腕，仿佛它们想知道更多关于我的事，向我表达言辞所不能表达的爱意。'您今儿来拜访我，是多么多么让人快乐啊，'他的声音里有一种发自灵魂的震颤，我这辈子都不会忘记，'对我来说，今天终于……终于……终于能和一个懂我的人一起看我最心爱的收藏品，这真是无比幸福的一件事。不过，我想告诉您，您今天探访我这个又老又瞎的人，绝对不是白来的。我妻子当着我的面作证，我将在我的遗嘱里加上一条，那就是，在我死后，您那间声名卓著的老牌古董店将负责拍卖我的全部收藏品。您有资格管理我这不为世人所知的珍藏。'他说着充满爱意地把手搭在那一个个被一洗而空的画夹上：'您要亲眼看着它们散落到世界各地。请您答应我，到时把它们的归属编一个漂亮的目录，这目录就是我的墓碑，没有比它更好的墓碑了。'

"我望向他的妻子和女儿，她们紧紧地依偎在一起，一个人的颤抖传导到另一个人身上，仿佛她们分享着同一个身体，在共同的震颤中存在着。我觉得面前这一切是那么的庄严，因为这个一无所知的男人，把他那早已消失的、看不见的珍藏像宝物一样托付给了我。我深受感动，答应了他的请求，尽管我知道这任务永远也不可能完成。他那死去的瞳仁里突然又闪过一道光芒，我感觉到，他是多么渴望从内心寻找我的形体，感受我的存在。我从他那充满爱意地按着我双手的手指中感觉到了他的深情，感觉到了他无声的谢意与允诺。

"他的妻子和女儿把我送到了门口。她们不敢说一个字，因为害怕被耳朵灵敏的他听到，只是满眼热泪，充满感激地看着我！我就像在梦中一样摸索着下了楼梯。实话说，我感到羞耻，我就像童话里的天使，飞到一户贫苦人家里，见到一个盲人，并用谎言让他重见光明。我本是那些诡计多端的古董商中的一员，来这里只为搜刮更多的珍品，现在却成了一对心怀虔信的母女的谎言的无耻帮凶。我离开这户人家的时候，却获得了很多：在这个人人浑浑噩噩、愁眉苦脸的时代，我再次感受到了一种活生生的、纯粹的激情的搏动，再次遇见了灵魂的高光时刻，再次体验了一种向艺术而生的狂喜——这样的感情，我们这种人好像老早以前就已经失落了。当时，我心里升起了——我不知道怎么表达才好——如此神圣的感觉，尽管我一直在为自己的谎言羞愧不已。我不知道这种感觉从何而来。

"我走到街上的时候，上方的一扇窗户咿呀作响，我听见有人叫我的名字——千真万确，那个双目失明的老人，不顾妻女的劝阻，探出窗外，用那双死去的眼睛朝那个他认为我所在的方向张望。他大半个身子都探了出来，两个女人在后面警戒着让他不要摔下楼来，他朝我挥动着一块手帕，大声喊道：'祝您一路平安！'声音开朗明快，听起来就像个小男孩。这最后一幕，我怎么也无法忘怀：一个白发苍苍的老人，满脸喜悦地探到窗外，在他下方是愁眉苦脸、为了生活四处奔忙的芸芸众生，他借由一种善意的狂喜，凌云高升，远离了我们这个污秽不堪的现实世界。我总是不住地回想那句古老的真言——好像是歌德说的吧——收藏家是幸福的人。"

心之沦亡

　　要让一颗心受到致命的震荡，命运并不总是需要掀起惊涛骇浪，也不必发动穷凶极恶的攻击；毁灭往往萌生于随风飘逝的因果，命运常常借此满足自己暴虐的创造欲。那最初的轻颤，在贫乏的人类语言中被称之为起因，我们总会把它的微不足道和它造成的强大无比、影响深远的后果作比照，并为之惊愕；然而，正如疾病总是从细小的兆头开始，人的命运也总是生于轻微，我们察觉的时候它早就成了肉眼可见的事实。在触及灵魂之前，命运就已经在我们的精神与血液中游弋。人总是在察觉到命运的那一刻才开始反抗，所以往往为时已晚。

　　这是一位名叫萨洛蒙松的老先生，在国内的时候，他总自称枢密委员会顾问。复活节期间，他与家人在加尔多内 [1] 度假，某天夜里突然因为剧痛醒来，他觉得身子就像被尖锐的板条箍住的木桶，胸腔紧绷得几乎无法呼吸了。老人害怕极了，他本来就常犯胆痉挛的毛病，这次还不顾医生的建议，放弃了在卡尔斯巴德 [2] 疗养，为了迎合家人的意愿来到南欧度假。一直以来，他都担心会像这样突然发病，于是胆战心惊地用手四处摸了摸自己硕大的身躯，很快就如释重负地发现，这折磨他的病痛只是来自胃部，明显是因为吃不惯意大利的饭菜，又或者是轻微的食物中毒，正如大多数游客会犯的那样。他长吁一口气，颤抖的手缩了回去，可是那沉甸甸的压力还在，使他呼吸不顺；于是老人一边呻吟着，一边费劲地从床上爬起来，想活动活动身子。真的奏效，他站起来走着走着，就觉得胸口轻松多了。只是，房间很狭小，四周漆黑不见五指，他怕吵醒睡在邻床的妻子，让她担心，于是便套上睡袍，穿上毛拖鞋，小心摸索着来到走廊上，想出去透透气，缓解一下胸部的憋闷。

他打开通往昏暗的走廊的门，这时窗外传来了教堂的钟声：钟先是有力地敲了四下，回声再飘到湖面上，

---

1 加尔多内：加尔多内－里维耶拉，意大利布雷西亚省的一个市镇。
2 卡尔斯巴德：德国巴登－符腾堡州的一个市镇。

袅袅四散开去——凌晨四点了。

长长的走廊一片漆黑。不过根据白天的回忆，老人清楚地知道它是径直往前的，而且非常宽敞。于是他没开灯就向前走，粗重地呼吸着，从一端走到另一端，然后再走回来，如此往返，直到他满意地感到胸口已经不那么憋闷了。他正准备通过这样的舒缓练习来止痛，好快点回房睡觉，却突然被什么声音吓了一跳，于是猛地止住了脚步。黑暗中传来一阵窃窃私语，声音虽小，却听得很清楚。屋梁传来咔嗒的一声，有人正在喃喃低语，四下窸窣作响，透过一指宽的门缝，一束狭长的灯光有那么一秒钟刺破了无形的黑暗。那是什么？老人下意识地躲到一个墙角里，并非是好奇心作祟，而是出于一种人皆有之的羞耻心，怕别人看见自己像梦游一样在黑暗中古怪地走来走去。然而，始料未及的是，在灯光刺破走廊黑暗的那一瞬间，他觉得自己看到了一个白衣女子的身影，她从房间里溜出来，消失在走廊的另一端——他没看错，走廊最后一排房间的其中一个门把手在咔嗒作响。而后一切复归黑暗与沉寂。

仿佛心脏遭到一记重击，老人突然站不稳了。那里，在走廊尽头的那个房间，那个门把手咔嗒作响的房间，那里住的不就是……不就是他自己的一家子吗？那是他为家人租下的三室公寓。他几分钟前离开房间时，妻子还睡得正香，也就是说——不，不会有错——那个刚刚结束冒险、从别人的房间跑回来的白衣女子，不是别人，正是他那还未满十九岁的女儿爱尔娜。

老人吓得簌簌发抖，恐惧如恶寒一样侵蚀了他的全身。爱尔娜，他的女儿，那个孩子，那个平时天真无邪、活蹦乱跳的孩子——不，不可能，他肯定是看错了——她三更半夜跑到别人的房间干什么？莫不是……他拼命摆脱这个念头，仿佛它是什么恶灵。可是，那个悄悄溜出来的鬼魅般的身影，霸道地撞击着他的太阳穴，他怎么也忘不掉，怎么也摆脱不了：他必须查个明白。他摸着走廊的墙壁向前走，上气不接下气，最后终于走到了她的房间，它就在他自己卧房的隔壁。太可怕了，走廊里只有这个房间的门颤颤巍巍地渗出一缕昏暗的灯光，钥匙孔内刺出的点点白光出卖了她。都凌晨四点了，房间里居然还开着灯！新的铁证接踵而来：只听见开关咔嗒一声，白色的灯光便消失在暗夜之中——不，不，不要再骗自己了——他的女儿爱尔娜，就是她，三更半夜从别人房间里溜回来的就是她。

老人因为惊恐和寒冷而颤抖不已；与此同时他又大汗淋漓。现在他只想猛敲房门，用拳头把这个无耻的女人砸个稀巴烂。可是身体变得好沉，他连站都站不稳了。他只剩下一点儿力气，够他拖着步子回到自己的房间，倒在床上；他一头扎在枕头里，大脑一片空白，俨然一头刚刚被屠宰的畜生。

老人一动不动地躺在自己的床上，双眼空洞地望向黑暗。妻子在他身边呼呼大睡，无忧无虑。他的第一个念头是马上摇醒她，向她汇报这个吓人的发现，大喊大叫，发泄一通，好让自己平静下来。可是，这么可怕的事，要怎么说出口？不，不可能，这种话他永远也说不出口。不过现在该如何是好？

他试着好好思考一下，可是脑子里的各种想法就像蝙蝠一样乱飞。真的，太可怕了：爱尔娜，这个温柔又有教养的孩子，双眼总是闪烁着令人怜爱的光……曾几何时，他还在陪她读识字课本，看她用娇小又粉嫩的手指吃力地在艰涩的单词下划着……她穿着浅蓝色的小裙子，放学后牵着他的手去糖果店，用满是糖霜的小嘴给他淘气的一吻……这不是昨天才发生的事吗？……不，这都过去好多年了……可是昨天，的确是昨天，她还像个孩子那样求他给她买橱窗里挂着的蓝金色毛衣。"爸爸呀，求你啦，求你啦！"——她双手合十，笑脸盈盈地看着他，他根本抗拒不了……现在倒好，她居然在夜深人静的时候，从离他几步远的房门溜出去，跳到某个陌生男人的床上，全身赤裸，欲火焚身，覆雨翻云……

"我的上帝！……我的上帝啊！"老人不禁痛苦地呻吟起来，"这是奇耻大辱！奇耻大辱！……我的孩子，我那温柔的孩子，我一直护着她、宠着她，现在她居然在某个男人的床上……可到底是和哪个男人？……到底是谁？……我们才来加尔多内三天而已，那几个花花公子她之前压根儿就不认识……那个尖嘴猴腮的翁巴第伯爵，那个意大利军官，还有那个来自梅克伦堡的骑师，她之前肯定都不认识啊……只是在第二天的舞会上，他们才初次见面……她和一个男的才认识一天，就已经……不，不可能是这几个人，不可能……肯定之前就好上了……还在家里的时候……而我这个傻瓜，彻头彻尾的傻瓜，居然一点儿也没有察觉……可我对她们母女又知道多少呢？……我整天都在外面赚钱养家，每天工作十四个小时，和以前一样提着样品箱，坐火车到处推销……都是为了赚钱，钱钱钱，为了让她们穿漂亮衣服，肆意挥霍……晚上下班时，累得都快散架了，可她们早就出去快活啦，去看戏、去跳舞、去应酬……我哪能知道她们整天过着什么样的生活呢？……现在我可知道了，我的女儿半夜三更跑到那些男人的床上，献上她年轻纯洁的肉体，和街边的妓女差不多……天啊，真是奇耻大辱！"

老人还在痛苦地呻吟着。每个新的念头都会把伤口撕得更深，他觉得自己好像被人开颅破脑了，一团血红的虫正在里面蠕动。

"可我之前为什么一直忍气吞声呢？……为什么我要躺在这里受罪，而她那淫荡的身体在隔壁睡得正香呢？……为什么我不马上闯进她的房间，告诉她我知道了她的贱行？……为什么我刚才没有把她的骨头打断？……都是因为我太软弱了啊……我这个懦夫……在她们两个面前，我总是这么软弱……我总是事事迁就她们……我觉得是自己让她们过上了好日子，因而自豪得不得了，哪怕自己的日子过得一团糟……钱是我自己一点一点攒起来的……只要她们过得好，哪怕割掉我的一块肉都没关系……可是，我刚让她们过上富足的日子，她们就让我蒙受奇耻大辱……我在她们面前总是那么不体面……那么没教养……可我哪里来的教养？十二岁的时候我就辍学了，只为了赚钱，赚钱，赚钱……每天扛着样板箱，从一个村子跑到另一个，后来在各大城市之间辗转做代理，自己的店都没有机会开……她们才刚过上上流社会的日子，刚有了自己的房子，就开始嫌弃我老家的姓了，哪怕我为人正直又真诚，名声也很好……我非得买下那个枢密委员会的职位，就为了让她们以后不用被叫作'萨洛蒙松夫人'，就为了能冠以'枢密顾问夫人'的雅号……雅号！雅号！……每次我抗拒她们的高雅做派，不想加入她们的'上流社会'的时候，她们就取笑我；每次我跟她们提起我母亲——上帝保佑她在天之灵——提到她如何勤俭持家，一心一意为了父亲和我……她们就说我守旧……'你的观念也太落后啦，爸爸。'爱尔娜总这样讽刺我……对，守旧、落后，对……她呢，她现在和陌生男人滚到一床了，我的女儿，我唯一的女儿……啊，真是耻辱，真是奇耻大辱……"

老人受到了那么可怕的折磨，痛苦的叹气声把睡在身边的妻子都弄醒了。"怎么了？"她睡眼惺忪地问。老人屏住呼吸，一动也不动。他就这样躺在自己痛苦的棺材里，直到天亮，各种思绪像虫豸一样把他撕得四分五裂。

起床用餐的时候，他是第一个到的。他长吁短叹，一口也咽不下。

"又是我一个人，"他心想，"总是我一个人！……我早上起来上班的时候，她们还在舒舒服服地睡觉，因为在舞厅和剧院浪荡了一夜……我晚上下班回来，她们早就出门寻欢作乐了，风流快活可用不着我……啊，钱，都是这该死的钱让她们堕落了……钱让她们和我疏远了……我这个傻瓜，整天就只会赚钱，到头来却把自己输掉了，钱让我变穷了，让她们变坏了……我白白辛苦了五十年，没有一天自由过，现在落得个孤家寡人……"

他开始不耐烦起来。"她为什么还不下来……我要跟她谈谈，我要当面跟她说……我们必须马上离开这个地方，马上……为什么她还不下来……怕是昨天和别人交媾之后还累着呢，现在在床上睡得正香，心里自在得不得了。而我呢，我的心都要碎成两瓣了，我这个傻瓜……还有她的母亲，每次洗漱都要几个小时，又是泡澡，又是上妆，又是美甲，又是做发型，十一点之前她根本下不来……所以女儿变成这样还有什么好奇怪的吗？……这个女孩子之后会变成什么样的人啊？……哦，都是因为钱，这该死的钱。"

后面传来了轻盈的脚步声。"早安，爸爸，睡得还好吗？"有什么东西温柔地朝他俯下身来，给他那怦怦直跳的额头轻轻一吻。他不由自主地把头缩了回去：她抹的科蒂香水那甜腻的味道令他反胃。紧接着……

"爸爸，你怎么了……心情又不好了吗……侍应生，上杯咖啡吧，还要点儿火腿和鸡蛋……你是没睡好吗，还是听到了什么不好的消息？"

老人尽全力克制着自己。他低下头，一言不发，不敢盯着她看。他只看到她搁在桌上的手，这双他怜爱无比的手：它们涂着指甲油，慵懒地躺在白色桌布上，仿佛两只被宠坏的灰猎犬 [1]。他浑身发抖。他的目光顺着那两条光洁的玉臂往上看——这两条小女孩一样的手臂，过去还总是搂着他……这才是多久以前的事？……在睡觉之前搂着他……他看了看她胸部那优雅的隆起，在新买的毛衣底下，它们正随着呼吸惬意地一起一伏。"一丝不挂……一丝不挂……这身子曾一丝不挂地和一个野男人滚成一团。"他阴沉地想道，"那个男人把她浑身上下都摸了个遍，舔她，吃她，享用她……这可是我的骨肉啊……是我的孩子……啊，不知道是哪里来的恶棍……天啊……天啊……"

他下意识地痛苦呻吟了起来。"爸爸，你还好吗？"她撒娇似的凑上去。

"我还好吗？"他在心里怒吼起来，"还好，只是有一个当妓女的女儿而已，而且我还不敢告诉她！"

事实上，他只是模棱两可地喃喃了一句："没事！没事！"说罢匆匆伸手取了一份报纸，把它展开成一道栅栏，躲开她疑惑的目光，因为他越来越觉得，自己没有力量去凝视她的双眼。他的双手颤抖不已。"我得跟她谈谈这件事，就现在，趁只有我们两个人。"他内心痛苦地挣扎着。然而怎么也开不了口——他连抬头看她的勇气都没有。

---

1 灰猎犬：在德文中也指轻浮的、靠不住的人。

突然，他猛地站了起来，把扶手椅推回去，步履沉重地逃往花园；因为他察觉到有一颗豆大的泪珠不争气地落了下来。他不能让她看见。

短腿的老人在花园里乱转了一圈，双眼久久地凝望着湖泊。哪怕强忍眼泪使他闭目塞听，老人还是不由自主地察觉到，周围的景色是多么美丽——天空银色的光辉下，山峦像翠绿的波浪一般缓缓爬升。近处的小丘色泽温柔，点缀着杉树细枝的黑色阴影，远方的山峰陡然而起，高大威严，却不咄咄逼人，而是充满爱意地低头凝视着湖水，仿佛一位严肃的父亲看着他所爱的孩子们在玩无关紧要的游戏。造物主张开花团锦簇的怀抱，热情地邀你共享善意与幸福，用他永恒的微笑请你来南方！"幸福！"老人想罢，疑惑地摇了摇自己沉重的头颅。

"在这里本来是能过上幸福的日子的。无忧无虑地活在世上——我曾经渴望过，曾经感受过它的美好……在写写算算、讨价还价和投机买卖之间，五十年光阴就过去了，本来准备好颐养天年……对，总有一天我要过上好日子，总有一天，总有一天，在入土之前……现在我六十五岁，天啊，也就是说一只脚已经在棺材里了，无论有多少钱，无论有多少学识，都阻止不了死神的到来……在归于尘土之前，我只希望能轻松快活地过上一阵子，为我自己也着想一次……可是先父生前总对我说：'我们这种人没有享受的权利，我们最后只会挑着重担走进坟墓。'……昨天我还想着，像我这样的人终于也能过上好日子了……昨天，昨天我还算是个幸福的人，为自己漂亮又开朗的女儿感到快乐，为她的快乐而快乐……这不，刚有这样的感觉，上帝就把它夺了去，作为对我的惩罚……因为事情已经回不了头了……我再也不能和我的孩子推心置腹了……我再也不敢看着她的眼睛了，我会感到羞耻……之后的日子里，无论是在家里，在办公室里，还是在床上，我都会不断问自己，她现在在哪儿，她刚才在哪儿，她做了什么事？……我再也不能平心静气地回家了，因为家门一开，她就会朝我奔来，而我见到她这么年轻，这么美丽，我就会心花怒放……可她吻我的时候，我就会自问，这双嘴唇昨晚亲吻了哪个男人？是谁占有了她？……她不在身边的时候，我会一直恐惧；她和我四目相对的时候，我会一直感到耻辱。不，我不能这样活着……我不能这样活着……"

老人喃喃自语，踉踉跄跄地来回绕圈子，仿佛一个醉鬼。他一直凝望着湖面，眼泪总是不由自主地滑落进大胡子里。他呆呆地站在一条狭窄的小径上，想必是摘下了夹鼻眼镜，一双近视眼泪水汪汪，以至于一个路过的助理园丁惊讶地停住了脚步，见状哈哈大笑起来，还用意大利语在背后讥笑这个不知所措的老人。这使得老人从痛苦和麻木中回过神来；他拿起夹鼻眼镜，悄悄溜进花园里，想找一张长椅坐下来，避开路人的目光。

可是，他刚走到花园偏僻的角落，就被左边传来的一阵笑声吓到了……这笑声，他是多么熟悉，此刻又是多么剧烈地撕扯着他的心；十九年来，这爽朗的笑声对他来说一直是人间天籁……为了守护这笑容，他夜复一夜地坐上三等车厢，赶去波兹南与匈牙利……就为了养活这个家，为了从这发黄的腐殖质中培育出无忧无虑的人生……他奔波劳累，忍气吞声，还患上了胆病，就为了守护这个他所爱的女子的笑容……就为了让这银铃般的笑声长存。可现在，这该死的笑声就像一把烧红的锯子，切入他的内脏。

尽管心里抗拒，他还是忍不住朝笑声传来的方向张望：她站在网球场上，没戴手套的玉手挥动着球拍，灵活随性地发球、接球。那恣意的笑声随着飞旋的球拍一起回荡，直入蓝天。三位男士正满眼惊慕地看着她，翁巴第伯爵一身宽松的网球衫，军官穿着紧身的、小腿处收窄的军装，骑师则穿着无懈可击的马裤，三位各有特点的男性身影犹如雕像，围着蝴蝶一般翩翩起舞的她——这个沉迷于玩耍的小东西。

老人被吸引住了，定定地看着这一幕。我的上帝，她穿着这身露脚跟的裙子是多么优美，阳光正流泻在她的金发丛中！这些年轻人在一蹦一跳之间就能感觉到自己身轻如燕，该是多么幸福；他们灵活的四肢听从着身体的每一个节拍，又该是多么心醉神迷，连身边的人也下意识地被他们感染。此刻她正得意地把一个白色的球发向空中，接着又是一个，再一个；太神奇了，在举手投足之间，她女性的身体就像嫩枝一样飞旋，不时弹跳而起，为了接住下一个球。他之前从未看过她这个样子，如此激情，如此恣意，全身仿佛在熊熊燃烧，犹如一道白色的烈焰，随风飘飞，朗朗笑声便是它银色的烟雾——好似一位处女神，挣脱了南方花园的藤蔓，离开了波光粼粼的蓝色湖面。在家里的时候，这个身体瘦弱又呆板，从未像此刻这样在游戏中狂野起舞。不，他从未见过她这样，在家乡那座被城墙环绕的、死气沉沉的城镇里，在自己的房间里或是在街头巷尾，她的喉咙总是被束缚在僵死的大地上，他从未听见过那云雀般挣脱一切灿然高歌的声音，不，不，她从未像现在这样美丽。

老人目不转睛地盯着她。他把一切都抛在脑后，只能看到这束飘飞的白色火焰。他站在那里，仿佛要用如炬的目光把她的身影永远囚禁——她这一刻突然灵活地转过身来，一跃而起，把飞过来的最后几个球也接住了，然后满脸通红、气喘吁吁地把球拍抱在胸前，笑意盈盈，脸上写满了自豪。"太棒了，太棒了！"就像听完歌剧的一个唱段一样，三名男士鼓掌欢呼，激动地看着她把接住的球朝他们扔过来。他们喉咙里叽里咕噜的男性嗓音让老人如梦初醒。他阴沉地瞥了那几个男人一眼。

"就是他们吧，这些无赖。"他的心扑通扑通跳个不停，"就是这三个人中的一个……可到底是谁呢？……是他们中的谁把她给糟蹋了？……他们打扮得多精致啊，喷了香水，修了胡子，这些游手好闲的混蛋……我在他们这个年纪时，要么整天坐在办事处工作，穿着打了补丁的裤子，要么四处跑客户，把鞋跟都磨掉了……他们的父亲现在可能还在办公室里干活，打字打到手指都流血了，就为了赚钱养活他们……可他们自己呢，成天满世界跑，尽干无谓的事，浪费生命，晒得一脸黝黑，无忧无虑，满面无耻，不知天高地厚……这种人，只要打扮得清爽一点儿，装得快活一点儿，说几句甜言蜜语，一个爱慕虚荣的女孩儿就会上钩了……可到底是哪一个？……就是他们，我知道，就是他们中的一个，扯掉了爱尔娜的衣服，看过她的胴体，一边吧唧着嘴一边想：这个女人，我睡过了……他知道爱尔娜脱光是什么样子，知道她欲火焚身时是什么样子，哪怕是现在，他也在动坏脑筋，对她挤眉弄眼，今晚再把她骗上床——哦，天啊，这畜生！……我真想给他来几鞭子，这畜生！"

他们察觉到老人正站在不远的地方。女儿粲然一笑，兴高采烈地朝他挥舞球拍，男士们也陆续向他问好。他毫无反应，只是用湿润、血红的双眼盯着她欢乐的小嘴："居然还能这样对我笑，你这无耻的女人……不过可能那些男人中的一个也在偷笑呢，心里想着，原来是他呀，这个犹太老糊涂，昨晚打呼噜打得震天响……要是这个老傻瓜也知道我们的事那就有趣了！……对，我已经知道了，你们就笑吧，我对你们来说就像一摊呕吐物，跨过去就成……你们只在乎我的女儿，她活泼可爱，心甘情愿地把自己献给你们……还有她的母亲，虽然已经有点儿发福，总是浓妆艳抹，可如果有人献媚，还是会豁出去跳几支舞……你们想的没错，你们这些畜生，她们会跟在你们屁股后头风流快活的，女人天性如此，不懂得自尊自爱……我这个老头的心碎成两瓣与你们这些人又有何干呢……你们开心就行了，她们开心就行了，这些不知廉耻的女人……该用手枪把你们都毙了，该用鞭子把你们像牛马一样驱使……可惜没人这么做……有理的总是你们……只要我还像吃剩饭的狗一样忍气吞声一天……只要我一直这么懦弱，这么可悲地懦弱下去……只要我没有勇气跑过去一把抓住她们，把她们从你们身边带回来……只要我一声不吭，守口如瓶……有理的就是你们……我这懦夫……懦夫……懦夫……"

怒火使他颤抖，老人开始头晕眼花，得用手紧紧地抓住栏杆。突然，他朝脚边吐了一口唾沫，踉踉跄跄地离开了花园。

老人步履沉重地在小城里四下走着，突然在一个橱窗前停住了脚步；那里陈列着各种各样的旅行用品，有衬衫和网兜，女衫和钓具、领带、图书、糕点随意地排在一起，砌成一座有多层阶梯的五彩金字塔。然而他的双眼只盯着其中一样东西，它在这堆华丽的破烂货中似乎无人问津：那是一根有多个结节的手杖，粗大、笨重，下面镶着铁制的尖端，拿在手里肯定很有分量，敲打地面的时候感觉一定很好。"打……我要用它打死那个畜生！"这个念头使他陷入了一种迷狂的、近乎极乐的眩晕之中；他不听使唤地进了杂货铺，花钱买下了手杖。这根沉甸甸的、充满暴力与危险的东西一握到手里，他就觉得自己强大了千百倍：武器总是能让弱小的人重拾自信。他感到，握住它的时候，手臂的肌肉在狂暴地绷紧："打下去……打死那个畜生！"他喃喃自语道，原本颤颤巍巍的步伐突然变得坚定起来。他抬头挺胸，脚下生风，沿着海滩走啊走，气喘吁吁，满头大汗，并非因为走得快，而是因为心里激情澎湃。他的手用力地捏住手杖，在怒火之中痉挛不已。

老人拿着新武器，走进旅馆大厅的浅蓝色暗影里，神情激动地搜寻着看不见的敌人。果不其然，他们几个人正坐在角落里的一排柳条行李箱上面，用细细的吸管喝着威士忌和苏打水，懒洋洋地挤在一起，聊得正欢：他的妻子和女儿，还有那三个男的。"是哪一个？是哪一个？"他阴沉地想，拳头捏紧了手杖那粗重的结节，"要打碎哪一个男人的头骨？……哪一个？……哪一个？"然而还没来得及行动，爱尔娜就一下子从座位上跳起来，她好像误解了他忐忑不安的转悠，朝他走来。"是你呀，爸爸！我们刚才到处找你呢。你知道吗，梅德韦茨先生说要请我们坐他的菲亚特，载着我们沿海滨一路开到代森扎诺。"她边说边热情地把他推到桌边，仿佛他还得为此道谢似的。

三名男士彬彬有礼地站起身来，向老人伸出手。他颤抖了一下。他的手臂感受到他们三人热情的存在，温柔友善，令人陶醉，使人心安。在一阵眩晕中，他逐个和他们握了手，然后默默无语地坐下来，掏出雪茄，狠狠地咬着柔软的烟草，发泄内心的怒火。他们几人越过他用法语断断续续地聊天，不时伴随着恣意的笑声。

老人躬着身子，一声不吭，咬着他的雪茄，焦黄色的汁液流到了牙缝间。"对的总是他们……有理的总是他们，"他想，"我这种人就该遭人唾弃……我刚才居然还握了那个畜生的手！……握了他们三个的手，可我知道，其中一人就是那无赖……我相安无事地和他坐在同一张桌前……我没有把他打得稀巴烂，不，我没有把他打得稀巴烂，相反，我居然和他握手了……有理的总是他们，他们嘲笑我也是理所当然……他们聊天聊得那么欢，从没正眼看我一次，仿佛我压根儿不存在！……仿佛我已经入土了……况且，爱尔娜和她母亲早就知道我听不懂法语……她俩是知道的……知道的……可她们懒得问我什么，连表面功夫都不想做了，就让我那么可笑地坐在一边，让我出丑……我对她们来说只是空气罢了，空气……一个让人不爽的电灯泡，只会打扰她们，只会让她们难堪……她们对我感到羞耻，如果不是还要用我赚钱，早就一脚把我踢开了……钱，钱，这肮脏的、可悲的钱，活该受到上帝的诅咒……她们一句话也不对我说了，她们眼里只有这些纨绔子弟，这些衣着光鲜、游手好闲的人……看啊，她们笑得多么灿烂，被他们逗得多么开心，就好像他们把手伸到她们衣服底下挠痒痒似的……而我，我看在眼里，忍在心里……我就这样干坐着，听她们浪笑，一个字也不懂，我就这样坐着，而不是用拳头把她们打得稀巴烂……我早就应该用手杖打过去了，要快点儿，要不他们就会在我眼皮底下交配……可我现在居然坐视不理……一句话也不说……我这懦夫，懦夫……"

"不好意思，能向您借一下火吗？"这时，那位意大利军官用磕磕巴巴的德语问了老人一句，然后便伸手去拿打火机。

正在胡思乱想的老人一下子惊醒过来，站起身，用凶狠的眼神盯着那个不明白发生了什么事的军官。他怒火中烧，有那么一瞬间，他的手握紧了手杖。可他的嘴角马上就往下一咧，怒容转变成莫名其妙的冷笑。"噢，随便用，随便用，"他不断重复这句话，声音猛地拐了个弯，"当然可以，您请便，呵呵……您想要什么我都给……呵呵……什么都行……只要是我有的东西，您都可以随便用……什么人想用我的东西都行……"

军官吃惊地看了他一眼。由于德语不好，他没有弄明白老人的意思，可他咧嘴冷笑的样子使他不知所措。这位德国老先生不知怎的就来气了，两位女士吓得面如土色——有那么一秒钟，他们之间的空气凝滞了，仿佛是闪电刚过、雷声还没来之前的短暂宁静。

他扭曲的面容很快就松弛了下来，紧握着手杖的拳头也松开了。他像一只挨揍的老狗那样缩成一团，尴尬地轻轻咳了几声，为自己刚才的放肆感到震惊。爱尔娜连忙重拾被打断的对话，想缓和一下这尴尬又紧张的氛围；德国骑师殷勤地接过话头，几分钟后，他们又开始无忧无虑地聊起天来。

老人坐在聊天的人中间，表情冷漠而疏远，旁人还以为他睡着了。沉重的手杖从他手心松开，漫无目的地在双腿之间一晃一晃的。他一手撑着头，头越垂越低。可是没人在意他：他们聊天的声音盖过了他的沉默。在打趣逗闹之间，笑声像浪花一样飞溅，然而老人一动也不动，身处无尽的黑暗，在耻辱与痛苦中下沉。

三名男士站起身，爱尔娜迫不及待地跟了上去，母亲缓慢随后；先生们热心地建议到隔壁琴室去，她们马上同意了，而且觉得没必要叫醒正在打盹儿的老人。他突然察觉到身边一阵空虚，这才醒了过来，仿佛一个被夜寒惊醒的人，发现被子滑了下去，赤裸的身体正承受着冰冷的穿堂风。他下意识地看了看身边那几张空着的椅子，这时，隔壁沙龙里传来了沉郁又响亮的爵士乐，还有他们几个的欢声笑语。他们在隔壁跳舞呢！对，跳舞，整天就只会跳舞，这可是她们的强项！总是头脑发热，和陌生男人摸来蹭去，好像发情一样，直到生米煮成熟饭。那几个男的也是没日没夜地跳舞，游手好闲，不务正业，就会勾搭女人。

他恼火地握住那根粗重的手杖，撑着它，踉踉跄跄地走到琴室前面。他在门边站定。德国骑师正在凭记忆弹奏一首美国小曲，还不忘侧过身来看着跳舞的人。爱尔娜在和军官跳舞，身宽体胖的母亲吃力地迎合着节奏，和瘦削的翁巴第伯爵前后舞动。老人的目光只盯着爱尔娜和她的舞伴。那个畜生谄媚地把手轻轻搭在她柔美的肩头，就好像已把她据为己有！两人的身体随着音乐摇曳，互相迎合，几乎在私订终身。她热情地朝他凑上去，两个人在他眼皮底下快要长在一起了，而且还那么努力地压抑着内心的激情！对，错不了，就是他——在两具洪流一样互相冲击的身体里，明显地燃烧着密谋和誓约，他们的血液已经认出了彼此。对，就是他——只可能是他，老人从爱尔娜的眼神里发现了端倪，她跳舞时虽然半闭着眼睛，却抑制不住心里的激情，在这一转瞬即逝的舞动中，她仿佛记起了他们之间炽热的融合，她的眼神暴露了一切——就是他，这个小偷，夜深人静的时候一把抓住她，火热地刺穿她的身体。而此刻，被他占有的身体正藏在一条薄如蝉翼的裙子里。这可是他的孩子，他的孩子啊！

他下意识地走进舞池，想把她从他身边拉开。可她根本就没发现他。因为现在她正随着音乐的节奏起舞，每个动作都献给了那个舞伴，被那个诱惑者所吸引而不自知：往后靠的头，湿润的半张的红唇，全然的迷醉和忘我，她被卷进乐声那温柔的流泉中，已经感觉不到四周的时空，也察觉不到那个全身发抖、气喘吁吁的老人，后者正用充血的眼珠盯着她，身陷愤怒的迷乱，不能自拔。此刻她只感觉到她自己，她年轻的躯体顺从着舞曲那飞扬的、没有喘息间隙的旋律；她只能感觉到她自己，还有身边那个渴念着她的男人，他健壮的臂弯搂着她，在这柔和的旋风之中护着她，却又不能接受她滚烫红唇的亲吻，哪怕她此时只想着献出自己。老人血液沸腾，他神奇地看穿了这一切，每次当舞曲像流水一样把她从他身边冲走时，他都觉得自己要永远失去她了。

突然，就像弦砰地弹了一下，音乐中断了。德国骑师从钢琴旁站起身来，"各位也玩够啦，"他笑道，"**现在该轮到我了**[1]。"在场的人都叫好，情绪高昂，原本以两人为单位的舞伴们此时四散开来。

老人如梦初醒：现在快做点什么，说点什么！不要像傻子一样站着，不要做个可悲的多余人！妻子刚从他面前走过，因为劳累而有些气喘，然而脸上闪烁着心满意足的红光。愤怒让他做了一个意外的决定。他上前拦住她的路，"你过来！"他几乎不耐烦地吼道，"我有话要跟你说。"

她一脸吃惊地看着他，老人苍白的额头上布满了豆

---

1 原文为法文。

大的汗珠，眼神好像一个疯子。他究竟想干什么？为什么要来拦她的路？推脱的话已经到了嘴边；可是她发现，丈夫的神态和举止里有什么危险的东西在蠢蠢欲动，于是想起刚才他情绪失控时的凶狠样儿，只好不情愿地跟着他走到一边。

"失陪一下，先生们，马上回来！"离场之前她还掉过头去对男士们道歉。"她还向那些男人赔不是，"老人很激动，心里怒不可遏，"刚才她们抛下我一个人，可是话都懒得说一句。我在她们眼里就是条狗，一块踏脚石，可以随便踩来踩去。不过只要我继续忍气吞声，对的就是她们，就是她们。"

她扬起眉毛在一旁等着。他站在她面前，嘴唇翕动着，好像站在老师面前的小学生。

"什么事？"她挑衅般地问道。

"我不想……我不想……"他终于尴尬地开口说道，结结巴巴的，"我不想你们……你们和这些人来往。"

"和哪些人来往？"——她装作听不懂他的话，愤愤地抬起眼睛，仿佛他在侮辱她。

"那些人。"——他生气地朝琴室的方向点点头——"他们和我合不来……我不想你们和他们有瓜葛……"

"为什么合不来？"

"老是用这种审问的口气，好像我是她的仆人。"老人苦涩地想道。因为激动他变得越发结结巴巴："我有我的理由……总之这事就是和我不合……我不想爱尔娜和他们说话……我没必要把原因一五一十地告诉你。"

"那就真的不好意思了。"她生气地拒绝道，"我觉得这三位先生都是绅士，非常有教养，比我们家乡的左邻右舍更值得来往。"

"更值得来往？！这些在光天化日之下行窃的小偷……这些……这些……"无法承受的怒火扼住了他的咽喉，突然，他猛地跺了跺脚，"我就是不乐意见到他们……我禁止爱尔娜和他们来往……你明白没有？"

"不明白，"她冷酷地回应道，"你说的我一个字都不明白。我不懂你为什么要毁了我们女儿的快乐时光……"

"快乐时光！……快乐时光！……"他就像被人敲了一记似的，满脸通红，额头冒汗——他的手往一旁的空隙伸过去，想抓起那根沉重的手杖，想扶住它或者用它一棍打过去。可他马上就把这个念头抛至脑后。他努力控制着自己——一股热浪突然涌上心头。他朝她走近了一点儿，仿佛要抓住她的手。他的声音越来越轻，几乎是在乞求："你……你不懂我的心思……我这样做不是为了自己……我求求你们了……这是我这么多年来第一次求你们，我们马上离开这个地方吧……可以去罗马，去佛罗伦萨，你们想去哪儿都行……到那里之后你们想干什么就干什么……只要不待在这个地方，我求你了……离开，马上离开……今天就走……今天……我……我要受不了了……受不了了！"

"今天？"她皱起眉头，惊讶又不屑一顾，"今天就走？这是什么可笑的念头……就因为你看那些先生不顺眼吗……根本没人逼你和他们来往。"

他还站在那儿，恳求地举起双手："我受不了了，我跟你说……受不了了，受不了了。不要再问我为什么……相信我，我已经到极限了……我受不了啦。这次就行行好吧，就听我这么一回……"

房间的另一边又响起了钢琴声。她抬起头，不由自主地被乐声所吸引。这个男人，长得那么矮，还虚胖，看着真的搞笑；脸膛还那么红，好像刚刚中风了似的；一双肿肿的死鱼眼，老是犯迷糊；双手从短短的袖口中伸出来，举向虚空。他可怜巴巴地站在那儿，看着就尴尬。她原本想说些温柔的话，可是话刚到嘴边就被咽了回去。

"这是不可能的，"她斩钉截铁地说，"今晚我们答应了人家要一起去兜风……明天走的话，我们这三周的房子就白租了……这样只会在别人面前出丑罢了……我看不出任何要急着离开的理由……我是肯定不会走的，爱尔娜也是……"

“所以该走的是我，对吗？……我在这里只会打扰你们两个……打扰你们……寻欢作乐。”

他低吼一声，要说的话被一斩两半。他抬起佝偻的、巨大的身子，双手捏成两个拳头，额头上青筋暴突。本应有什么从他身体里咆哮而出，一个字或者一记猛击。但是突然间，他猛地转过身去，拖着两条沉重的腿，越跑越快，跌跌撞撞地爬上楼梯，仿佛在被人追杀。

老人上气不接下气地顺着楼梯跑上去，快点儿回到自己的房间，让自己冷静一下，舒缓一下神经，不要再做傻事了！他已经到了楼上，这时——他觉得好像有只烧红的爪子在掏他的内脏——老人面色惨白地靠在墙上。噢，这灼热的痛苦总是突然袭击他；他得紧紧咬住牙关，才不至于大叫出声。病发的躯体呻吟着，蜷缩在一个角落里。

他立马就知道了这是什么病：胆痉挛。这病最近一段时间总是反复发作，让他痛不欲生，可是以前没有过这魔鬼般的痛楚。“不要激动。”他在痛苦的时候突然想起医生的叮嘱。哪怕痛成这样，他也只能一个人愤懑地呻吟：“不要激动，说得容易……医生，您应该向我演示一下怎么才不会激动，要是遇到了今天这样的……啊……啊……”

老人轻声抽泣着，一只看不见的灼热的利爪在他体内搅动。他拖着身子，好不容易才来到他们租下的客厅门口，推开门，一屁股跌坐在脚凳上，牙齿紧紧咬住枕头。躺下时，疼痛减轻了一点儿，烧红的利爪不再恶狠狠地翻搅他的内脏。"我该叫医生开个单子的，"他后悔莫及地想，"开些滴剂，喝下之后肯定马上就好了。"

可是现在身边一个能帮他的人都没有，没有。他自己没有力气走到另一个房间，甚至连按门铃都有困难。

"一个人也没有，"他苦涩地想道，"我就像条垂死的老狗……我知道是什么地方在痛，不是胆……而是在我身体里生长的死亡……我知道，我气数已尽，什么医生，什么疗程都救不了我……都六十五岁了，我的身体是不可能复原了……我知道在我身体里翻搅和折磨我的是什么……是死亡……我剩下的那几年已经不能称之为活着了，只是垂死，只是垂死而已……可我又有多少时候是真正地活着的呢？……我为自己活过吗？……整天就是赚钱，赚钱，赚钱，总是为了别人拼命，这也能算人生吗？现在落到这个田地，钱再多又有什么用？……我有一个妻子，她还是个少女的时候我就认识了她，和她结合，而她给我生了一个孩子；年复一年，我们同床共枕……可现在，她现在又在哪里……我再也认不出她的样子了……她对我说话的样子仿佛我是个外人，她从来没考虑过我的人生，她什么也没考虑过，无论是我的感受，我的痛苦，还是我的想法……长年以来她对我来说只是个陌路人……消逝的东西去了哪儿，现在它又要往何处去……我有个孩子……我一手把她拉扯大，我还以为她是我人生的起点，从她出生的那一刻开始，我的生命就会更光彩、更幸福，正如我所应得的那样，有了她我就不会彻底地死去……可现在呢，她大晚上一个人跑出去和男人鬼混……我只会孤独地死去，只有我自己一个……因为在其他人眼中，我早就死了……我的上帝，我的上帝，我从来没像现在这么孤单过……"

利爪有时会狠狠地抓住他，然后再放开。但是另一种痛苦越来越剧烈地冲击着他的太阳穴；这些想法坚硬、尖锐、无情，仿佛烧红的鹅卵石，一下砸在他的额头：不要再想了，什么也别想了！老人扯开外套和背心——在扯开的衬衫下，他的身体像个吹胀的气球一样笨拙，它颤抖不已，几乎要散架。他小心地将手按在刺痛的地方。"只有在痛苦的时候，我才是我。"他心想，"我就是痛苦本身，我就是这块灼热的皮肤……只有在身体里面搅动的东西，才仍然属于我，那是我的病，我的死……那才是我自己……什么枢密顾问，什么妻子，什么女儿，什么钱，什么生意，这些都不属于我……只有这具剧痛的、火烧火燎的身体才是我的，只有它才是看得见摸得着的……其余一切都愚昧不堪，毫无意义……因为，我的痛，只伤害我一人……我的愁，只折磨我一人……它们只属于我……而其他人不理解我，我也不理解他们……人的一生注定茕茕孑立，我今天才清楚地意识到。现在我才察觉到，死亡在我身体里的什么地方潜滋暗长，可是已经晚了，我已经六十五岁，离翘辫子不远了，而她们还在跳舞、散步、寻欢作乐，这些寡廉鲜耻的女人……现在我才明白，一直以来我都在为这些不孝不敬的人而活，而遗忘了我自己……她们怎么样，与我何干……为什么还要想着她们，不想想自己？……我宁愿死，也不想要她们的怜悯……她们与我何干……"

渐渐地，疼痛消失了：在他内脏里凶狠地翻搅的爪子不再那么炽热和尖锐。可是，留下了一些暗淡无光的东西，它们几乎算不上痛苦，只是某种陌生的、压迫人的东西，挖进了他身体的隧道。老人双眼紧闭，专注地听着这轻声的拉扯，他感到，这陌生的、未知的力量先用锐器，再用钝器把他肉体里的什么东西挖了出来，有什么东西正在一点一点地松开，一根线一根线地从他密闭的身体里解脱出来。疯狂的撕裂停止了，他几乎不再疼痛。然而，在体内的什么地方，有东西在焖烧，在腐烂，在走向毁灭。他走过的人生和爱过的人，都在这缓慢的烈焰中消逝，焚烧，焦化，最终碎成黑色的炭灰，落在一团冷漠的泥潭之中。有什么事发生了，老人躺在床上，苦苦地回顾自己的一生，这时他感到有什么事发生了，有什么东西走到了尽头。是什么呢？他留神地倾听。

一颗心就此缓慢地走向毁灭。

老人躺在暮色渐浓的房间里，双眼紧闭，半梦半醒。在入睡与清醒之间，他的大脑一片混沌，只能感到身体里的某处（一个他也不知道的、已经不会再痛的伤口）有什么湿润又炽热的东西在往深处渗透，仿佛体内在流血。这看不见的流淌并不疼痛，好像涓涓细流。它好似眼泪一样落下来，沙沙作响，温柔微热，一滴一滴往下滑落，每一滴都正中心脏。可是这颗心，这颗黑暗的心，已经发不出任何声音了，只能沉默地吮吸每一滴陌生的流泉。它像一块海绵，慢慢吸满水，变得越来越重，然后开始膨胀，挤压着狭窄的胸腔。渐渐地，这颗心载满了自己的分量，开始轻轻地往一侧拉扯，牵动血管，拉动肌肉，使其紧绷，并越来越沉重地压迫着，挤逼着，疼痛着，胀得无比巨大，因为重力而下坠。而现在（这是多么痛苦！），现在，这颗心的重量渐渐从肉体的纤维中解放出来——极其缓慢，不像石头，也不像落地的果实；不，而是像一团海绵，吸满了水，越沉越深，深深地坠入一个微热、空旷的地方，一个在他身体以外的、没有实体的地方，一个悠久的没有尽头的夜。突然，在刚刚温暖的心脏还在怦怦跳动的地方，是死一般可怕的寂静：那里只有一片空，冷酷而惊悚。它不跳了，它不跳了——它的内部已经静息，它死了。因为恐惧而颤抖的胸腔就像一具黑色的空心棺材，里面只有沉默和无解的虚空。

这做梦一般的感觉是那么强烈，这迷乱的思绪是那么深不可测，以至于老人蒙蒙眬眬地醒来的时候，下意识地摸了摸自己的左胸，看看心脏是不是消失了。然而，感谢上帝！在他的手指下，还有什么东西在怦怦跳动，可是他觉得这跳动只是一种坠入虚空的机械运动，心脏本身已经陨灭。因为，他有一种奇怪的感觉：身体好像突然离开了。不再有疼痛，也不再有回忆折磨他的神经，内部的一切都沉默无声，僵如磐石。"为什么会这样？"他心想，"刚才我还痛不欲生，刚才我的心里还火烧火燎，每根纤维都在抽搐。我究竟发生了什么事？"他留神静听自己那具被清空的身体，听听之前的痛苦是不是还在蠕动。但是那沙沙作响的声音，那滴落和敲动的声音已经很遥远了——他听了又听——没有，没有，连回声也没有。不再有东西折磨他了，不再有痛苦的流泉：他的身体仿佛一个树洞，被焚烧殆尽，唯留黑暗与虚无。他突然觉得自己已经死了，或者是自己内部的什么东西死了，血液停滞不前，让人毛骨悚然。自己那死人一样冰冷的躯体，他甚至不敢用自己有温度的手触碰它。

老人谛听着：他听不见湖畔传来的、每一记都渗入房间暮光里的钟声。他身边是无穷蔓生的夜，事物从流逝的空间里飞速奔向黑暗；就连四角小窗里的那片蓝天都湮没在灰暗之中。老人完全没察觉到这一切，他只是目不转睛地盯着身体内部的黑洞，他聆听着那片空虚，仿佛聆听自己的死讯。

这时，隔壁房间传来了恣意的笑声，一旁的房间亮起了灯光——其中一束刺进了虚掩的房门。老人吓了一跳：那是他的妻子，他的女儿！她们马上就会发现他躺在床上，对他问长问短。他猛地站起身来，系好背心和外套。她们有什么资格知道他的经历？他的事又与她们何干？

然而两个女人并没进来找他。她们显然急着去吃晚饭，钟已经敲了第三次。她们像在打点东西，透过开着的房门，老人能听见那边的每一个动静。她们正把抽屉拉来拉去，把丁零作响的戒指放在盥洗台上，鞋子在地板上踩得咔嗒作响，一边还不停地谈笑——每一个字，每一个音节，老人都听得清清楚楚。她们先是嘲弄了一番那三个男人，说起兜风期间的小意外，一边梳洗打扮一边没头没尾地聊着各种无关紧要的事。突然，她们的话题落到了他身上。

"爸爸在哪里呢？"爱尔娜问道，惊讶地发现自己现在才想起他。

"我怎么知道？"——妻子开口说道，提到老人，她的声音都带上了一丝愠怒，"他可能在楼下大厅里等着吧，或者在读《法兰克福汇报》上的股市行情——每天都读几百遍，不过他除了这个也没啥爱好了。你觉得他这些天来有去湖边看过哪怕一眼吗？他中午对我说，不喜欢待在这里，还说今天就要带我们走。"

"今天就走？……可是，这是为什么……"这是爱尔娜的声音。

"天晓得。他这个人，谁能懂？我们这些人配不上他呢，那几位先生明显不受他待见——起码他自己是这样想的，他说他和他们处不来。他今天到处乱转的样子真是丢人丢到家了，那皱巴巴的衣服，敞开的领子……你要好心提醒他一下，起码今晚吃晚餐的时候体面点儿，他就听你的话。还有今天上午那摊子事儿……他因为打火机的事对中校先生阴阳怪气的时候，我巴不得马上钻到地里。"

"是呀，妈妈……可到底发生了什么事……我就想问你一下……爸爸是怎么了？……我以前从未见他这样……所以着实吃了一惊。"

"什么呀，不就是心情不好吗……可能因为股价掉了……或者因为我们和先生们说法语……他就是受不了别人开心的样子……你没见到吗？我们跳舞的时候，他像杀手一样站在门口的那棵树后面……今天就走！马上就走！就因为不合他的意……要是他真的不想待在这里，那起码不要妨碍我们开心……算了，他的事我可管不了，他想干啥就干啥，想说什么就说什么。"

对话打住了，明显是因为梳妆打扮完了。这时，她们打开门，走出房间，开关咔嗒一响，灯灭了。

老人一言不发地坐在矮脚凳上。每一个字他都听到了。可奇怪的是，他不觉得痛苦，一点儿也不。他身体里那个一直在怒响和崩坏的狂野的时钟，现在彻底安静了，它肯定是坏掉了。哪怕面对这样尖刻的话语，它也不为所动。没有愤怒，没有憎恨……什么也没有……什么也没有……他静静地把衣服扣上，小心地走下楼梯，像个陌生人一样在他们的桌前坐下。

整个晚上，他没跟她们说一句话，她们也没察觉到这剑拔弩张的沉默。他连招呼都不打一声就回到了自己的房间，关掉灯，在床上躺下。过了很久妻子才欢声笑语地回来；她以为他睡着了，于是没开灯就脱掉了衣服。

不一会儿，他就听见她沉沉的、无忧无虑的呼吸声。

老人孤身一人，睁大双眼，望着夜晚无尽的虚空。在他身边的黑暗里有什么东西正在呼吸：他努力地回忆着这个身体，这个与他呼吸着同一片空气的身体，这个他年轻时炽烈地爱过的身体，这个给了他孩子的身体，这个通过血缘的秘密和他联结在一起的身体。他时不时强迫自己去回想，这个温暖又柔软的身体，他可以用手去触碰的身体，曾经是他生命的一部分。奇怪的是，回忆再也不能让他动情了。对他来说，这个身体的呼吸现在就像窗外潺潺的流水，啪嗒啪嗒地冲刷着岸边的卵石。所有的一切都是那么遥远，那么虚无，那么无所谓，只是随机和陌生的造物。没了，它永远地消失了。

有一回，他惊醒过来：隔壁女儿的房门打开了，有人蹑手蹑脚地溜了出去。"今晚她也去。"——他原以为自己的心已经死了，此时它却感到一阵灼热的刺痛。然而，它就像一根神经，只是在被人杀死之前轻轻抖了一秒。接着一切都过去了："她想干什么就干什么！关我什么事！"

老人又在枕头上躺下。黑暗越来越温柔地冲击着他隐隐作痛的太阳穴，蓝色的寒意惬意地渗入血脉。很快，浅浅的睡眠便吞没了他那疲乏的感官。

第二天早上妻子醒来的时候，看到他已经穿戴整齐。"你在干什么？"她睡眼惺忪地问。

老人头也不回，冷漠地把洗漱品和睡衣一件一件放进手提箱里："你知道的，我要回去了。我就带几件需要的东西，其他行李烦请你们帮我寄回去。"

妻子吓了一跳。发生了什么事？她从未听过他用这样的声音说话：那么冷漠、僵硬，一字一句像从牙缝间挤出来似的。她一下子从床上坐起来："你想走吗？……等一会儿……我们一起回去，我去告诉爱尔娜……"

可是他猛地一摆手，拒绝了。"不必了……不必了……你们继续。"说罢，他头也不回地走向房门。为了按下把手，他必须把箱子放在地上一会儿。就在这轻轻颤动的一瞬间，老人回忆起了从前：他曾几百次、几千次地把装着样品的箱子在陌生的门前放下，接着便轻轻躬身道别，恭恭敬敬地说，以后会推荐更多的商品。但是在这里他不是做生意，所以不需要礼节。他没说一个字，也没看身后一眼，提起旅行箱便走了出去，在自己和前世之间咔嗒一声关上了门。

母女二人不理解发生了什么事。可是老人那么激烈又坚决地走了，这让她们坐立不安。于是她们立即给他南德的老家发了封长篇累牍的信，解释说可能有什么误会，几乎是殷切地急着澄清，同时还忧心地询问他旅途是否顺利，有没有平安到家，还突然迁就他，表示随时都愿意结束旅行，赶回家里。他一个字也没回。她们越来越着急地写信，还发电报，可就是没有回音。只是从公司那里汇来了一笔钱——她们在某封信里提到，需要生活费——那是一张盖着公司印章的邮政汇款单，没有手写的字，也没有任何问候。

情况如此压抑，又无法解释，她们不得不提早了回程的时间。虽然发了电报告知，可是她们下火车的时候根本就没人来接，哪怕到了家里也没人在等。用人说，老爷出去散心了，任由电报乱叠在桌子上，没留下什么指示。晚上，她们坐下来准备吃晚饭的时候，房门才突然打开，两人跳起来向他奔去。他吃惊地瞪着她们——显然忘了电报里说的事——并未表露出特别的感情，只是冷漠地接受了女儿的拥抱，让她们把自己带进饭厅，听她们讲述各种各样的事。他一个问题也没提，一声不响地抽着他的雪茄，偶尔干巴巴地答两句，有时根本没听到她们叫自己或者问什么问题：他好像睁着眼睛睡着了。末了，他沉沉地站起身来，回到房间。

接下来的几天都是这样。妻子心里七上八下，试着跟他搭话，可她越是逼问他，他就越是阴沉地回避。他内心的什么东西被锁起来了，入口已经封死，闲人勿进。

他虽然还和她们一起吃饭，有客人的时候也出来应酬，然而总是心不在焉，沉默寡言。他再也不主动参与任何事，每当客人在谈话时无意中和他对视，都会觉得十分尴尬，因为老人的目光是死的，只在他们身上浅浅地扫过，仿佛他们不存在一般。

很快，就连不熟的人都察觉到了老人在变得越来越怪异。认识他的人在街上遇见他时都会觉得难堪：老人算得上是城里的有钱人，现在居然像叫花子一样沿着墙根走，帽子歪歪地压在头上，外套上落满了雪茄的烟灰，每走一步就趔趄一下，大多数时候还念念有词。向他打招呼，他就惊恐地抬起双眼；跟他搭话，他就双目空洞地瞪着你，甚至忘了要握手。一开始有人以为老人可能是耳背了，于是大声地重复所说的话。然而并非如此。老人总是需要漫长的时间才能从一种内心的沉睡中苏醒过来，而且说着说着又会奇特地迷失在梦中。这时他的目光会突然熄灭，说到一半的句子骤然断开，他好像看不见眼前那个和他聊天的人了，自个儿继续蹒跚前行，留下对方一脸惊愕。每次他给人的感觉都像是从一个沉重的梦境中、从一团云雾中惊醒：人们发现，对他来说，身边的人已经不算活人了。他从不过问谁，也没留意到家里妻子的绝望和女儿无奈的疑惑。他不再读报，也不听别人说话；无论什么话语和问题都无法穿透他心里那堵阴沉冷漠的巨墙。就连他自己的世界都变得陌生，他不再管生意了。有时他会麻木地坐在办公室里，给一些信件签字。然而，当秘书一小时后回来拿信时，发现老人还和之前一样，定定地坐着，目光空洞地盯着那堆没有打开的信，仿佛在做梦。最终，老人也意识到了自己的多余，从此不再参与任何事务。

对整个城镇的人来说最奇怪、最不可思议的事却是：这个从不信教的老人，突然变得虔诚起来。平时对一切都无所谓，甚至连吃饭和约会都迟到的他，却从未错过任何一次按时上教堂的机会。他戴着黑色的丝质帽子站在那儿，肩头披着一件祈祷用的披风，总是坐在同一个位置——和他虔信的先父同样的位置，随着赞美诗摇晃着疲惫的脑袋。在这个半荒废的大厅里，陌生又模糊的词语嗡嗡地环绕着他，他获得了独处的绝佳机会，心中顿时一片平和，冲破迷障，与黑暗耳语。如果恰逢教堂在为死者祷告，他看到已故之人的亲朋好友和子孙儿女共聚一堂，以一种感情深挚、深入骨髓的使命感一再垂首叩拜，为死者恳求主的慈悲与宽恕时，老人会满眼泪花：他知道，自己将会被一个人留在这里，到时不会有其他人为他祷告。他就这样虔诚地喃喃祈祷，想着自己，俨然悼念一个已死之人。

有一回，在很晚的时候，他从一次迷糊的散步中回家，路上下起了雨，打在他的身上。老人就像往常一样忘了带伞，尽管路边有收费低廉的出租车，房门和玻璃顶棚也能遮风挡雨，可这个怪人还是在积水之中一瘸一拐地走着，面无表情。往下压的帽子里汇成了一个小水塘，不断往下渗水，雨水顺着湿漉漉的袖子在身下滴落成一道小溪：这一切他都视若无睹，只管继续蹒跚前行，几乎是冷清的街道上唯一的行人。就这样，老人淋成了落汤鸡，不像一栋高雅别墅的主人，更像一个流浪汉。他就那样走到了自家门前。进门时，一辆开着前灯的轿车粗暴地在他身边停下来，由于停车时的后坐力，路边的污水猛地溅到了不留神的老人身上。车门开了，妻子从亮着灯的车座里匆匆走下来，身后有位高雅的先生正为她撑伞，然后还出来第二位先生；在房门前，她和他撞到了一起。妻子认出了他，吃了一惊。可当她看到他衣冠不整、浑身淌水的时候，便不自觉地把头扭了过去。老人马上就明白了：他在客人面前丢了她的脸。没有一丝触动，也没有任何怨言，老人掉头离开，免得她要向客人们尴尬地介绍他。他像个外人那样走到了几步远的用人楼梯入口：他卑躬屈膝，从那里进了屋。

从这天开始，老人就只从下人用的楼梯进屋：他知道自己在这里不会碰上任何人。在这里，他不会打扰谁，也不会被谁打扰。他甚至连饭也不下来吃了——一个老女仆把饭菜端到他的房间里。有一回,妻子和女儿强硬地要进他的房间,他便嘟囔着把她俩推出门,这自卫令人尴尬,却无法抵抗。最终,她们让他一个人待着,人们慢慢遗忘了他的存在,他也从不过问别人的事。屋子里那些对他而言已经很陌生的房间里经常传来欢声笑语,他透过四壁听到她们载歌载舞,听到外面车水马龙,直至深夜。但是这一切对他来说已经无所谓了,他渐渐地不再望向窗外。这些事与他何干?只有家里那条狗还时不时地跑上楼,在这张被遗忘的人的床前躺下。

在已经毁灭的心里,没有痛苦;在依然活着的身体内,却还有什么东西像鼹鼠一样蠢蠢欲动,把它挖得血肉模糊。发病一周比一周频繁,最终老人受不住折磨,只得遵从医生的指示,接受特别检查。医生严肃地凝视着他。他小心翼翼地掂量着言辞,表示一次手术已经不可避免。可是老人没有惊讶,只是忧郁地笑了一下:感谢上帝,终于要结束了。不用再等死了,死亡马上就要来临,这是件好事。他嘱托医生不要向他的家人透露一个字,让他安排好手术的日期,并做好了心理准备。

他最后一次去了公司(那里没有人料到他会来,员工们都像看着陌生人一样看他),再一次坐在那张老旧的黑色皮革扶手椅上——这椅子他坐了三十年,坐了一辈子,坐了成千上万个小时。他叫人拿他的支票本过来，在上面写了一页又一页。末了，他把它交给主管教区的牧师，后者被上面高昂的金额吓得不轻。这笔钱将用于慈善事业，还有修建他的坟墓。还没等对方表示谢意，他就匆匆地、一瘸一瘸地离开了，途中帽子跌落在地，他也没弯腰去捡。就这样，他光着头，因为疾病而萎黄的脸上目光忧郁，踉踉跄跄地（路人都吃惊地看着他）走向他双亲的坟墓。一些散步的人惊愕地打量着他：他站在墓前，大声地和几块已经风化的石头长谈，仿佛它们是活人。他是在告诉它们自己快要与之为伴了呢，还是在祈求它们的祝福？没人听清他说了什么，只看到他的嘴唇翕动着，头在祷告中来回摇晃着，垂得越来越低。他从墓园出来的时候，一些认识他的乞丐围拢过来，老人从衣兜里抓出一把硬币和票子，分给了他们；不久又有一个满面皱纹的老妇跛行而来，她来晚了，恳求老人再分给她点儿。老人在兜里乱找了一通，什么也没找到。只是手指上还有什么沉重而陌生的东西在压迫着他：那是他纯金的婚戒。他好像回想起了什么——接着便匆匆把它摘下，送给了那个目瞪口呆的老妇。

就这样，老人花光了自己的钱财，孑然一身，走上了手术台。

当他从麻醉中醒过来的时候，医生们意识到形势的危险，于是马上叫了他的家属进来。睫毛的浅蓝色阴影下，老人的眼睛费力地睁了开来："我在哪儿？"他凝视着一个从未见过的、陌生而惨白的房间。

此刻，为了表示对他的爱，爱尔娜躬身凑近了他那张可怜的、衰颓的脸。突然，那双盲目地扫视着四周的眼睛好像认出了什么，猛地颤抖了一下。瞳仁里升起一缕微弱的光：是她，是我的孩子，我最爱的孩子，是她，爱尔娜，我那温柔又漂亮的女儿！他苦涩的双唇慢慢咧开——那是一个微笑，一个轻轻的微笑，这张嘴已经太久没张开，现在几乎不会微笑了。她见到父亲这样疲惫却还绽露出笑容，心里一震，于是凑得更近了，想去亲吻他的脸庞。

然而就在这时——是因为她身上甜腻的香水味吗？还是他半昏迷的大脑想起了某个被尘封的瞬间？——老人刚才还洋溢着幸福的脸上，突然发生了可怕的变化：苍白的嘴唇一下子闭紧，阴沉地表示拒绝，被子下的手剧烈颤抖起来，它猛地一抬，仿佛要掸走什么恶心的东西，伤痕累累的身体激动得快要散架："滚！……滚！……"他那没有血色的嘴唇嗫嚅着，吐出这个模糊不清、然而还能听得明白的字。强烈的憎恶降临在他抽搐不已的四肢上，他想要逃跑，却跑不了。医生忧心忡忡地把两个女人推到一边。"他在说胡话，"他低声说道，"您二位还是让他静一静吧。"

　　她们刚离开病房，抽搐就消失了，老人的身体又陷入了空无的沉睡。他还在低沉地呼吸着——胸腔还在苟延残喘，为了挽留生命那沉重的气息。然而，不久之后，它就会疲倦，不愿再把苦涩的人类生命的养分吸进来。医生用手按压着胸腔确认心跳的时候，那里已经静止不动，也不会再让老人痛苦了。

斯蒂芬·茨威格与哥哥阿尔弗雷德·茨威格 约摄于 1900 年

（右是斯蒂芬·茨威格）

斯蒂芬·茨威格年表

1881 年 | 出生

11 月 28 日，斯蒂芬·茨威格出生于奥匈帝国维也纳。父亲莫里斯·茨威格是一位富足的犹太纺织企业家，母亲伊达·布雷特奥是犹太银行家的女儿。斯蒂芬还有一个哥哥，名叫阿尔弗雷德。

1900 年 | 19 岁

高中毕业后进入维也纳大学哲学系，但他很少去上课，而是为奥地利的《新自由报》文学专栏写文章。

△《银弦》德文版封面

1901 年 | 20 岁

第一部诗集《银弦》出版,于次年转入德国柏林大学。

1904 年 | 23 岁

完成博士论文《伊波利特·阿道尔夫·丹纳的哲学思想》。

第一部小说集《艾丽卡·埃瓦特的爱》在柏林出版。

1906 年 | 25 岁

第二部诗集《早年的花环》在莱比锡出版。

1907 年 | 26 岁

三幕诗剧《泰西特斯》在莱比锡出版。

1908 年 | 27 岁

将手抄本《泰西特斯》送给西格蒙德·弗洛伊德。弗洛伊德给他回信,从此,两人间保持了三十多年的信件来往。

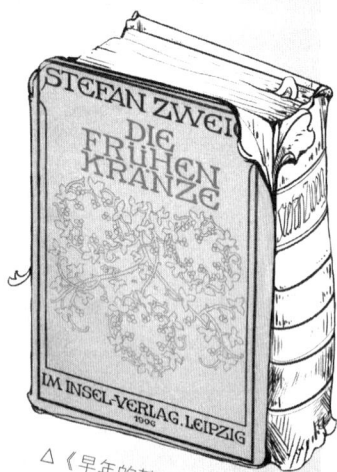
△《早年的花环》初版封面

1910 年｜29 岁

传记小说《埃米尔·维尔哈伦》在莱比锡出版。

1911 年｜30 岁

中短篇小说集《初次经历：儿童国的四个故事》在莱比锡出版，收录《家庭女教师》《秘密燎人》《夜色朦胧》《夏日小故事》。

1912 年｜31 岁

访问美国，旅途中结识了许多作家和艺术家。戏剧《滨海之宅》在维也纳城堡剧院首演。

1913 年｜32 岁

独幕剧《变换的喜剧演员》在莱比锡出版。

1914 年｜33 岁

第一次世界大战爆发，入伍。

△ 维尔哈伦照片

1917 年 ｜ 36 岁

服役期间休假，后离开军队，搬到中立国瑞士的苏黎世，任《新自由报》的记者。

表现主义戏剧《耶利米》在莱比锡出版。

发表文章《回忆埃米尔·维尔哈伦》。

1919 年 ｜ 38 岁

战争结束后回到奥地利，在边境巧遇哈布斯堡王朝与奥匈帝国的末代皇帝卡尔一世，茨威格在自传《昨日的世界：一个欧洲人的回忆》中有关于这段经历的描述。

戏剧《传奇人生》在莱比锡出版。

1920 年 | 39 岁

与弗里德丽克·玛利亚·冯·温特尼茨结婚。

传记小说《三大师传：巴尔扎克、狄更斯、陀思妥耶夫斯基》在莱比锡出版。

中篇小说《重负》在莱比锡出版。

传记小说《罗曼·罗兰，其人和作品》在法兰克福出版。

△ 茨威格第一任妻子弗里德丽克

1922 年 | 41 岁

中短篇小说集《马来狂人：关于激情的故事集》在莱比锡出版，收录《马来狂人》《一个陌生女人的来信》等。

1923 年 | 42 岁

传记小说《法朗士·麦绥莱勒》在柏林出版。

1924 年 | 43 岁

《诗歌合集》在莱比锡出版。

△《恐惧》德文版封面

1925 年 | 44 岁

发表随笔《世界的单调化》。

中篇小说《恐惧》在莱比锡出版。

传记小说《与恶魔的搏斗：荷尔德林、克莱斯特、尼采》在莱比锡出版。

1927 年 | 46 岁

中篇小说《日内瓦湖畔插曲》在莱比锡出版。

发表《告别里尔克》。

中短篇小说集《情感的迷惘》在莱比锡出版，收录《一个女人一生中的二十四小时》。

《人类群星闪耀时》第 1 版在莱比锡出版，此版本仅包括五篇传记。

1928 年 | 47 岁

访问苏联。在高尔基的帮助下，茨威格的作品得以在苏联出版。

传记小说《三位诗人的人生：卡萨诺瓦、司汤达、托尔斯泰》在莱比锡出版。

1929 年 ｜ 48 岁

发表传记小说《约瑟夫·富歇：一个政治家的肖像》。

三幕悲喜剧《穷人的羔羊》在莱比锡出版。

小说集《四篇小说》在莱比锡出版。

1931 年 ｜ 50 岁

传记《通过精神治疗：梅斯默、玛丽·贝克－艾迪、弗洛伊德》在莱比锡出版，茨威格将此书献给物理学家阿尔伯特·爱因斯坦。

1932 年 ｜ 51 岁

传记小说《西格蒙德·弗洛伊德》在巴黎出版。

传记小说《玛丽·安托瓦内特》在莱比锡出版。

1933 年 ｜ 52 岁

为理查德·施特劳斯创作歌剧《沉默的女人》的剧本。

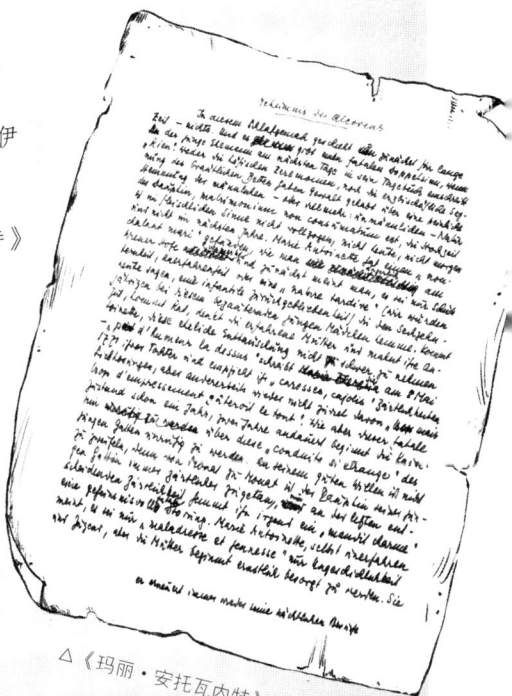

△《玛丽·安托瓦内特》手稿

1934 年 | 53 岁

作为犹太人，茨威格的名声并未使他摆脱被迫害的危险。希特勒上台后，茨威格于 2 月 20 日离开奥地利，移民到英国伦敦。

传记小说《鹿特丹的伊拉斯谟：胜利和悲剧》在维也纳出版。

△ 茨威格亲笔签名的明信片

1935 年 | 54 岁

《沉默的女人》在德累斯顿首演，理查德·施特劳斯拒绝将茨威格的名字从节目中删除，公然违抗了纳粹政权。该歌剧在演出三场后被禁演。

传记小说《玛丽·斯图亚特》在维也纳出版。

1936 年 | 55 岁

《短篇小说集》上下册在维也纳出版。

专著《卡斯特里奥反对加尔文：良知反对暴力》在维也纳出版。

1937 年 | 56 岁

中篇小说《被埋葬的灯台》在维也纳出版。

随笔集《遇见人、书、城市》在维也纳出版。

与约瑟夫·格雷戈尔合作，为施特劳斯创作了另一部歌剧《达芙妮》的剧本。

1938 年 | 57 岁

传记小说《麦哲伦》在维也纳出版。

母亲去世。

11 月，与妻子弗里德丽克离婚，之后两人依旧保持紧密的书信往来。

《玛丽·安托瓦内特》被美国米高梅公司改编成电影。

△《心灵的焦灼》英文版封面

1939 年 | 58 岁

小说《心灵的焦灼》德文版在斯德哥尔摩与阿姆斯特丹出版。

夏末，与秘书洛特·阿特曼在英国巴斯结婚。

1940 年 | 59 岁

《人类群星闪耀时》的内容增加到十四篇。

由于希特勒的军队向西迅速推进，茨威格夫妇离开伦敦，取道美国、阿根廷和巴拉圭到达巴西，在彼得罗波利斯定居。此时的次威格已对欧洲局势和人类的未来深感悲观。

1941 年 | 60 岁

专著《巴西——未来之国》在斯德哥尔摩出版。

△《人类群星闪耀时》德文版封面

1942 年 | 61 岁

2月，与妻子洛特在里约热内卢附近的彼得罗波利斯
寓所内自杀。

中篇小说《象棋的故事》在布宜诺斯艾利斯出版。

自传《昨日的世界：一个欧洲人的回忆》出版。

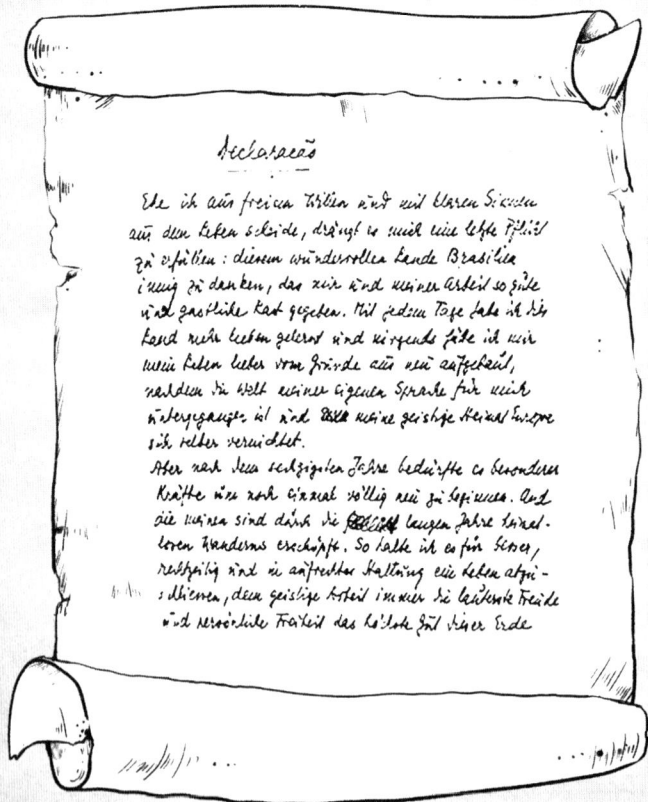

△ 茨威格遗书

1948 年

茨威格的第一任妻子弗里德丽克的回忆作品《我认识的斯蒂芬·茨威格》在柏林出版。

《一个陌生女人的来信》被德国导演马克斯·奥菲尔斯拍成电影。

2002 年

巴西发行电影《失去茨威格》。

2014 年

美国和德国合拍的喜剧剧情片《布达佩斯大饭店》发行，此影片的灵感来自茨威格的四部作品：《变异的陶醉》《心灵的焦灼》《昨日的世界》和《一个女人一生中的二十四小时》。

2015 年

法国发行纪录片《斯蒂芬·茨威格：一位世界的欧洲人》。

2016 年

奥地利、德国和法国联合发行关于茨威格流亡生活的电影《黎明前》。

译者｜杨植钧

德语译者、教师。上海外国语大学德语文学博士，德国柏林自由大学哲学系联合培养博士生。现任教于浙江科技学院中德学院。

长期从事德语教学及翻译工作，在奥地利现当代文学领域研究成果颇丰。全新译作《一个陌生女人的来信》《一个女人一生中的二十四小时》《象棋的故事》成功入选"作家榜经典名著"，受到读者热烈欢迎，登上"当当新书热卖榜"。

译作

作家榜®经典名著

★ ★ ★ ★ ★ ★ ★ ★ ★ ★

读 经 典 名 著，认 准 作 家 榜

作家榜，创立于 2006 年的知名文化品牌，致力于促进全民阅读，推广全球经典，连续 13 年发布作家富豪榜系列榜单，引发各大媒体关注华语作家，努力打造"中国文化界奥斯卡"。

旗下图书品牌"作家榜经典名著"系列，精选经典中的经典，凭借好译本、优品质、高颜值的精品经典图书，成为全网常年热销的国民阅读品牌，在新一代读者中享有盛誉。

策 划 ｜ 作家榜®

出 品 ｜

出 品 人 ｜ 吴怀尧

总 编 辑 ｜ 周公度

产品经理 ｜ 桑云婷　刘梦依

美术编辑 ｜ 杨净净　陈　芮

内文插图 ｜ ［斯洛伐克］Ján Kurinec

封面绘制 ｜ 赵梦婷

封面设计 ｜ 马晓碟

特约校对 ｜ 施继勇

特约印制 ｜ 朱　毓

版权所有 ｜ 大星文化

官方电话 ｜ 021-60839180

图书在版编目（CIP）数据

象棋的故事：茨威格中短篇小说精选 / (奥) 斯蒂
芬·茨威格著；杨植钧译. —— 杭州：浙江文艺出版社，
2023.12（2024.2重印）

（作家榜经典名著）

ISBN 978-7-5339-7427-5

Ⅰ.①象… Ⅱ.①斯… ②杨… Ⅲ.①中篇小说—小
说集—奥地利—现代②短篇小说—小说集—奥地利—现代
Ⅳ.①I521.45

中国国家版本馆CIP数据核字（2023）第223181号

责任编辑：汪心怡

象棋的故事

茨威格中短篇小说精选

[奥] 斯蒂芬·茨威格 著　　杨植钧 译

全案策划

大星（上海）文化传媒有限公司

出版发行

浙江文艺出版社

杭州市体育场路347号　邮编 310006

浙江省新华书店集团有限公司 经销

浙江新华数码印务有限公司 印刷

2023年12月第1版　2024年2月第2次印刷

889毫米×1194毫米　32开本　7.375印张　8插页

印数：10001—16000　字数：133千字

书号：ISBN 978-7-5339-7427-5

定价：39.90元